せんせぇ、好き！ 大好きぃ！
魔帝教師と従属少女の背徳契約 1

ジョゼフ・グランディエ
「好色」の力を持ち、大魔帝の血を継ぐ青年。訳あって北城魔術女学院の教師となる。周囲には何故か美女・美少女たちが集まってくるが、トラブルに巻き込まれることも多い!?
リリス
魔帝サタンの娘で、ジョゼフのために何かと便宜を図ってくれる超セクシーな魔姫。ジョゼフの親代わりにして姉のような存在だが、実は彼と“男女”として結ばれることを願う。
物部《もののべ》千夜《ちよ》
ジョゼフの教え子で、抜群の美少女。モデル並みのスタイルと豊かな胸の持ち主で、気品も備えているお嬢様。当初は学校で唯一の男性教師であるジョゼフを警戒し、ことさらに冷たい態度を取るが……?

茅《ち》原《はら》レイア
ジョゼフの教え子の一人。外見は幼く見えるが、れっきとした“魔女学”の生徒。魔女の血を引いているが、とても素直で心優しい少女。
中《なか》尾《お》円《まど》香《か》
ジョゼフの教え子の一人で、千夜の幼なじみ。引っ込み思案で内気だが、窮地を救われたことから、ジョゼフに惹かれていく。

千夜の唇を舌でこじ開け、唾液とともに魔力を送りこんだ。
唾液と魔力の混合物を飲み干し、千夜がビクビクと体を痙攣させる。
体内に送りこんだ魔力を呼び水にして、俺は千夜に魔王の力を降ろす。
「んっ！……ううううううううううっ♡」

魔帝教師と従属少女の背徳契約 1

虹元喜多朗

HJ文庫
940

口絵・本文イラスト　ヨシモト

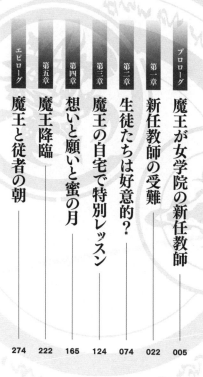

プロローグ

魔王が女学院の新任教師

朝、目が覚めると、俺《おれ》の頭は胸の谷間にうずめられていた。

いつものことだけど慣れることができない。いや、慣れるはずがない。正直勘弁《かんべん》してほしい。俺は小さく嘆息《たんそく》した。

「ふふふふ……起きたかしら？　ジョゼフくん」

その溜《た》め息《いき》で俺が目覚めたことに気付いたらしい。

俺の頭上から声がかけられた。

ひっそりとした森の奥《おく》にある泉のように穏《おだ》やかなメゾソプラノ。だがその響《ひび》きからは、隠《かく》しきれない色香《いろか》が漂《ただよ》ってくる。

「あのさ、リリス？　俺はもう二十二歳《さい》。いつまでも子ども扱《あつか》いしないでもらいたいんだけど？」

俺は彼女《かのじょ》の腕《うで》に抱《だ》きかかえられたまま顔を上へと向けた。

おっとりと垂れた紫色《むらさきいろ》の瞳《ひとみ》がある。アメシストを埋《う》め込んだような、透《す》き通った双眸《そうぼう》だ。

その瞳にはどこか妖《あや》しい光が宿っていた。雄《おす》の本能を呼び起こす艶《つや》が。

彼女――リリスと同じ色をした目を、呆《あき》れまじりの半眼にしながら、俺は抗議《こうぎ》する。

「わたしにとって、ジョゼフくんはいつまでも子どもなのよ？」

滑《なめ》らかな手のひらで、リリスが俺の黒髪《くろかみ》を優《やさ》しく撫《な》でる。その感触《かんしょく》が心地《ここち》好《よ》くて、バラの花にも似たリリスの匂《にお》いが芳《かぐわ》しくて、自然と俺の頰《ほお》は、だらしなくゆるんだ。

未《いま》だに俺の顔はリリスの胸に押《お》し当てられている。フワフワでポヨンポヨンの夢みたいな柔《やわ》らかさ。肌《はだ》は濡《ぬ》れたようにしっとりだ。

堪《たま》ったものじゃなかった。俺だって男だし、人並み以上にそういうことには興味津々《きょうみしんしん》だ。このエロティックな現状に、反応しないほうがおかしい。

「ふふっ、ジョゼフくん顔が赤いわよ？」

「仕方ないだろ？　リリスにこんなことされて我慢《がまん》できるやつがいたら、そいつは絶対枯《か》れてるよ」

「嬉《うれ》しいこと言ってくれるわね。わたしのこと女として見てくれてるの？」

「べ、別にそんなつもりはないけど？」

「じゃあ、さっきからわたしの胸に頰ずりしているのはなぜ？」

リリスに尋《たず》ねられてようやく俺は気付いた。小玉スイカに匹敵《ひってき》する巨峰《きょほう》を顔中で堪能《たんのう》し

ていることに。

なんということでしょう？

抗《あらが》いがたい男の性《さが》。女を求める本能が、俺の体を勝手に動かしているんだ。

「たしかに、ジョゼフくんはいつまでも子どもじゃないみたいね。大人になったわ」

「い、いや、さっき言ったのはそういう意味ではなくてですね？」

「朝ご飯の前に食べちゃう？　わたしのこと」

「なに言ってんの、リリス⁉　俺、マジで襲《おそ》っちゃうよ⁉」

タップンタップンと俺の頭を胸でバウンドさせながら、リリスがとんでもないことを口走る。

思わず上擦《うわず》った声を発した俺に、リリスが目を細めた。獲物《えもの》を狙《ねら》う、ネコ科の肉食獣《にくしょくじゅう》みたいな、妖しげな笑《え》み。

「襲ってくれるの？」

「へっ？」

「いいわよ？　女に飢《う》えているのなら、わたしの体をいくらでも貸してあげるわ」

リリスがローズピンクの唇《くちびる》をペロリと舐《な》めた。

ドクドクと心臓が脈打ち、俺は震《ふる》える手でリリスの胸をわしづかみ――

「って！　いやいやいやいやいや無理無理無理無理無理！　ダメだろ、絶対!!」

――する寸前でなんとか踏《ふ》みとどまる。

そりゃあ、リリスみたいな極上《ごくじょう》の美女を好き放題できるなら願ったり叶《かな》ったりだけど、俺とリリスの関係上、それは絶対にしてはいけない行為だ。

もったいないけど！　超《ちょう》もったいないけれど！

リリスが心底残念そうに溜め息をつく。

「ここで踏み出せたら合格なのだけど……これだから童貞《どうてい》は困るわ」

「どど童貞ちゃうわっ！」

嘘《うそ》だ。童貞だ。彼女いない歴＝年齢《ねんれい》ですが、なにか問題でも？

「ホント、朝っぱらからなに言ってんの!?」

「うふふふ、冗談《じょうだん》よ」

リリスが俺の額にチュッと口付けする。肉厚な唇の、むっちりとした感触に、俺は目を丸くした。

「さて。ジョゼフくんも起きたことだし、わたしは朝ご飯を作るとしましょう」

ニコリと微笑《ほほえ》み、ようやくリリスが俺の頭を解放した。

布団《ふとん》から抜《ぬ》け出したリリスは、自分の肢体《したい》を俺に見せつけるように振《ふ》り返る。

彼女の姿は扇情《せんじょう》そのものだ。

自己申告《しんこく》Gカップの胸は少しだけ重力に負けて、さながらミルクがいっぱいに溜まっているようだった。特有のいやらしさに劣情《れつじょう》が疼《うず》く。

お尻《しり》のむちっとした丸さはけしからぬほどだ。全体的に見ても程良《ほどよ》くふっくらとした、女性美の権化《ごんげ》のような体。一言で表すと『エロい』に尽《つ》きる。

男に負けないほど高い身長は、モデルでも通用するだろう。ファッションでもグラビアでもばっち来いだ。

リリスは、その艶《なま》めかしい体を透け透けのベビードールに包んでいた。

ヒラヒラとした、薄紫色《うすむらさきいろ》の生地《きじ》の向こうには、その役目を疑いたくなるほど面積が小さい、黒いレース地の下着がつけられている。

不躾《ぶしつけ》だろうが目を離《はな》せず、俺はゴクリと生唾《なまつば》をのんだ。

そんな俺を挑発《ちょうはつ》するように、リリスは笑顔《えがお》ベースの細面《ほそおもて》に妖艶《ようえん》な微笑《びしょう》を浮《う》かべる。

なにも口にしないまま、意味深な笑みだけを残し、リリスはヴァイオレットのロングヘアを翻《ひるがえ》した。朝の陽差《ひざ》しにデコレーションされて、サラサラな艶髪《つやがみ》が宙を舞《ま》う。

成熟した大人の匂いをほのめかせ、彼女は俺の部屋を後にした。

パタン、と木製のドアが音を立てる。

「朝からこれは……勘弁してくれ……」

俺は呻《うめ》きながら体を起こした。下半身に集まっている血流に罪悪感を覚えながら。

なにしろリリスは俺──ジョゼフ・グランディエの家族なのだから。

リリスは俺の育ての親で、同時に姉のような存在で──『夜の魔女《まじょ》』と称《しょう》される『悪《あ》魔《く》』だ。

✡　✡　✡

カーキーのティーシャツと黒いチノパン──私服に着替《きが》えた俺は、一階にあるダイニングで朝食をとっていた。

欧風《おうふう》な様相のダイニングには、リリスに厳選されたオシャレな家具が取り揃《そろ》えられている。

窓際《まどぎわ》には北欧《ほくおう》調のキャビネット。その上には白いフリージアが飾《かざ》られたガラスの花瓶《かびん》。

木製のダイニングテーブルはアンティークもので、色彩《しきさい》はキャビネットと同じダークブラウンだ。

テーブルの上には真っ白なテーブルクロスが敷《し》かれ、こんがり焼けたトースト、ハムエッグとサラダの皿が並べられている。

「ところで、あの話はどうなったんだ？」

落ち着いた時間が流れる空間で、サクサク香《こう》ばしいトーストをかじっていた俺は、向かいに座《すわ》るリリスに尋ねた。

紫色のペルシャ風ワンピースに着替え、白いエプロンを身につけたリリスは、笑顔を絶やさずに俺に問い返す。

「あの話って？」

「学校選びの話だよ。わたしに任せなさいってリリスが言ってただろ？」

この春に大学を卒業した俺は、子どもの頃《ころ》から目指していた教師になる――『魔術《まじゅつ》学校』の教師に。

リリスはその学校選びを請《う》け負《お》ってくれていた。彼女は魔術の世界では重鎮《じゅうちん》にあたる人物……というか悪魔で、いろいろと顔が利《き》くらしい。

「ええ。もちろんバッチリよ？　あなたには素敵《すてき》な就職先をプレゼントするわね？　ジョゼフくんには『国立北城魔術女学院《こくりつほくじょうまじゅつじょがくいん》』の先生になってもらいたいの」

「『魔女学《まじょがく》』の？」

悪魔なのに天使みたいな笑顔で、リリスは続けた。

「そうよ？　ただひとりの男性教諭《きょうゆ》にね？」

「――――はい？」

　リリスの答えに、俺は持っていたトーストをポロリと落としてしまう。彼女の発言を要約すると、衝撃的《しょうげきてき》な事実が明らかになるからだ。

「ええと……それってつまり、学院内で唯一《ゆいいつ》の男性になるってこと？」

「そのとおりよ？　女の園《その》を堪能してもらいたいわ？」

　想像してみる。

　教壇《きょうだん》に立つ俺に熱い視線を送る女子生徒。「先生っ♪」と無邪気《むじゃき》に笑いながら、俺に教えを請《こ》う美少女たち。

「……実にいいな」

「そうやって意気込むけど、いざとなるとヘタレちゃうのよね。変なふうに童貞こじらせてるから」

「う、うるさいな！　俺だってやるときはやるさ！」

　多分だけどな。

「それにしてもよく許してもらえたな。生徒は当然女の子ばかりなんだろ？　教師が女性限定っていうのは、生徒たちに配慮《はいりょ》してのことなんじゃないのか？」

女学院の名が示すとおり、魔術女学院——通称《つうしょう》『魔女学』は、一般《いっぱん》の女子校と同じく女子生徒だけの学校だ。

俺が唯一の男性教諭ということは、ほかの先生は女性ということになる。おそらくは思春期真《ま》っ只中《ただなか》の生徒たちを考えてのことだろう。権力を持つ教員が男性だと、いろいろと不安を抱くのかもしれない。

俺の就任には反対意見が出てしかりだろう。

「ええ。ちゃんと学院長とお話をして、許可をもらってきたわ」

「グッジョブ、リリス。つまり俺は、桃源郷《とうげんきょう》に至る通行証をもらったわけだ」

「ふふっ、いい仕事をしたでしょ？」

「ああ。できる家族がいてくれて俺は嬉しい」

「その代わりといってはなんだけど、わたしのお願いをひとつ、叶えてくれるかしら？」

「もちろん！　俺にできることならなんだってしてやる！」

サムズアップして力強く約束すると、リリスは俺を愛しそうに見つめ、白い頬を赤く染めた。さながら白桃《はくとう》が熟《う》れていくようだった。

「わたしね？　ジョゼフくんの奥さんになりたいの」

頬に両手を添《そ》えながらリリスが告げる。

俺は親指を立てたまま固まった。

………いま、リリスはなんて言った？

「き、気のせいかな？　いま、リリスから奥さんになりたいとかとんでもない告白をされたような……あ、あははは……幻聴《げんちょう》だよな？　いやあ、俺、疲《つか》れてるなあ」

「ジョゼフくんの奥さんになりたいの」

「あ、あの……」

「奥さんになりたいの」

幻聴じゃないっ⁉

俺はこれでもかとばかりに目を剥《む》く。

驚《おどろ》いた。いっそおののいた。

嘘じゃない。間違《まちが》いでも冗談でもない。恍惚《こうこつ》とした瞳が、リリスの本気を物語っている。

「いつまで経《た》っても気付いてくれないもの。あれだけ誘《さそ》っているのに」

「誘って……って、まさか！　毎朝ベッドに潜《もぐ》り込んでくるのってそういう意味だったのか⁉」

「それ以外になにがあるというの？　早くメチャクチャに抱いてほしかったのに」

「発言が過激すぎる‼」

「けどね？　夫にするにはジョゼフくんのことを認めてもらわないといけないの。八名の『魔王』に、ね」

衝撃《しょうげき》発言の連続で頭がついていかない。俺は空気を求める金魚みたいに口をパクパクさせた。

そんな俺を置いてけぼりにして、リリスが話を進める。

「わたしは『魔帝《まてい》サタン』の娘《むすめ》。つまり地獄界《じごくかい》のお姫《ひめ》さまよ。いまのままでは、ジョゼフくんとわたしはつり合わない。だから、サタンの従者たる八名の『魔王』に、ジョゼフくんはわたしに相応《ふさわ》しい男《ひと》だって証明しないといけないの」

悪魔とは地獄界を拠点《きょてん》とする霊的《れいてき》生命体のことだ。

彼らは時に害をなし、時に従い、人間と接してきた。

その親玉的存在がサタン――地獄界の最下層に住まう悪魔の帝王《ていおう》だ。

サタンの娘であるリリスは、サタンの配下――魔王の称号《しょうごう》を持つ八名の悪魔と交流があるらしい。

「だからね？　わたしはジョゼフくんを二代目の魔帝にしたいの。魔帝は悪魔を統《す》べる者。それだけの存在になれれば、地獄界にいる魔王たちも文句が言えないでしょう？」

「いやいやいやいやいや！　話が急すぎないかな⁉　そもそもリリスは俺にとって親であって姉みたいな存在であるわけでして‼」

「ふふふっ、愛さえあれば問題ないわ？」

「大ありだよ！　倫理的《りんりてき》観点から見たら事案レベルの大問題だよ！」

「わたしは悪魔よ？　人間が作った観念なんて知らないわ？」

人間に対して好意的で社会にも馴染《なじ》んでいるリリスが口にすることじゃないと思う。こんなときに悪魔であることを引き合いに出すなんて、卑怯《ひきょう》もいいとこだ。

俺は右手で額を覆《おお》い、大きく溜め息をついた。

「……いつからそんなことを考えていたんだ？」

「さあ？　いつからでしょうね……あんなに小さかったあなたがどんどん大きくなって、こんなにもたくましくなったからかしら？　あなたの背が伸《の》びていくたび、あなたが頼《たの》もしくなっていくたび、胸が高鳴る自分がいたのよ」

リリスは陶然《とうぜん》とした瞳で俺を見つめている。

俺はもう一度嘆息した。

これはダメだ。リリスは《情愛》の体現たる悪魔。彼女の心に火が点《つ》いたのなら、俺が消すことなんてできやしないだろう。

「少なくとも俺は、リリスをそういう対象としては見られない」

「毎朝わたしの体を視姦しているのに？」

「視姦言うな！　そっちから見せびらかしてくるんだろ！」

「無理しなくてもいいのよ？　欲望に正直になりなさい？」

たしかにリリスは魅力的《みりょくてき》だし、俺だって彼女が欲《ほ》しい。童貞も卒業したい。

けれど俺にとって、リリスはあくまで親で姉。欲望以上に理性が勝る。このひととは関係を持ってはいけないと。

押し黙《だま》る俺を見て、リリスは肩《かた》をすくめた。

「まあ、いまは仕方ないわね」

「その……悪い。リリスがイヤなわけじゃないんだけど……」

「いいのよ。いずれその気にさせてあげるから覚悟《かくご》していてね？」

リリスの熱意に、俺は苦笑《くしょう》するほかなかった。

「話を戻《もど》しましょうか。わたしはあなたに魔帝になってほしい。だからこそ、わたしはジヨゼフくんを魔女学の教師に就任させたいの」

「どういうことだ?」

眉《まゆ》をひそめると、「いい?」と、リリスが小さな子どもに説き聞かせるように、ピンと人差し指を立てた。

「ジョゼフくんには《魔帝になる素質》がある──このことはわかるわね?」

「ああ。まあ、そうだろうな」

「あなたには《素質》がある。そしてわたしには八名の魔王との交流があるから、彼らの力を貸してもらうことくらいならできるの。けれど、そのためには《器》が必要なのよ」

「器?」

リリスがゆっくりと頷《うなず》く。

「あなたは魔帝となるにはまだまだ未熟よ。けれど、サタンがそうだったように、強大な力を持った従者がいれば話は別。ジョゼフくんが魔帝になるには、八名の従者が必要なの」

「その従者が、器?」

「そう。魔王から借りた力を人間界に降ろすための器──魔王の力の、鍵穴《かぎあな》となる存在よ」

ようするに、魔帝と八名の魔王の関係性を再現すること──魔王の力の受け皿となる八名の従者を得ることが、俺が魔帝になる方法なのだろう。

「つまり、リリスが俺を魔女学の教師にしたいのは、従者を見つけるためなのか？」

「ええ。そのとおりよ？」

満足そうにリリスは顔をほころばせた。

「そして従者を得るために最適なのが魔女学なの。ジョゼフくんは、魔王の力を従者に降ろさないといけないのだから」

「どうやって力を降ろすんだ？」

「わたしが手伝ってあげるわ」

尋ねると、リリスが笑顔で語り出す。

「わたしは『夜の魔女』――《愛》をもって関係を結ぶ、情愛の悪魔。わたしの力は《愛》なの」

リリスが豊満な胸に手を当てた。

「魔王の力を降ろすために必要なのは愛。愛があれば、従者と魔王のあいだに繋《つな》がりを作り、そこから力を降ろすことができるようになるわ。ジョゼフくんに必要なのはね？　従者との愛なの」

「そ、それはつまり、魔女学の生徒と恋人《こいびと》になれってことか？」

教師と教え子の禁断関係！　何度も妄想《もうそう》したシチュエーションだ。当然ながら倫理的に大問題だし、褒《ほ》められたことじゃない。

だけど、それがどうした！　愛さえあれば、背徳的だろうと問題ないはずだ！　むしろ、障害があればあるほど、愛は燃え上がるものだしな！

「それだけでは不十分よ」

俺が期待と興奮に全身をわななかせていると、リリスは人差し指を左右に振った。

「愛の力はね？　睦《むつ》み合いによって発揮されるの」

「……うん？」

「はっきり言っちゃうと、イチャラブセックスね」

…………リリス、いまなんて言った？

「え？　リ、リリス？　……なんて？」

驚きのあまり上手《うま》く口が回らない。

リリスは相変わらず天使みたいな笑顔で締《し》めくくった。

「あなたには、魔女学の生徒とエッチな関係になってもらいます」

第一章　新任教師の受難

『魔術』――それは太古の昔、神代の時代を起源とする秘術だ。

あるときは天使・悪魔・精霊《せいれい》といった超自然的存在《ちょうしぜん》を喚《よ》び出し、またあるときは自然界の相互《そうご》関係を用いて超常《ちょうじょう》現象を引き起こす。

法則性・原理・思想を内包した神秘の学問。それが魔術だ。

しかし、優《すぐ》れた術を悪用する輩《やから》はいつの時代にも現れるもの。現代においても私利私欲のために魔術を悪用する者たちがいる――『違法魔術師《いほうまじゅつし》』と呼ばれる者たちだ。

国際法に反し、個人や社会、延《ひ》いては国家にまで重大な害を及《およ》ぼす魔術犯罪者。裏社会の住人である彼らは、今日も今日とて罪なき人々を苦しめている。

そんな違法魔術師の天敵が『エクソシスト』だ。

教会に所属するエクソシストは、神や天使を崇《あが》めることによって絶大な力を与《あた》えられている。ただし、エクソシストになるためには己《おのれ》の身を神に捧《ささ》げなくてはならない。

自分の人生を捧げなくてはならない都合上、エクソシストの絶対数は圧倒的《あっとうてき》に少ない。

それに比べ違法魔術師はあちこちにはびこっていて、教会側では対処しきれないのが現状だ。しかもエクソシストはヨーロッパを中心に活動していて、日本で活動するエクソシストはいない。

そこで日本の『魔術庁《まじゅつちょう》』が設けた制度こそが『魔術ライセンス』――国家公認《こうにん》の『魔術《まじゅつ》師《し》』を育成するシステムだった。

魔術ライセンスは魔術学校の卒業生に与えられるもので、魔術学校のカリキュラムでは、魔術の基礎《きそ》から応用技術まで叩《たた》き込まれる。優れた魔術師を育成することで、違法魔術師に対する抑止力《よくしりょく》となってもらう仕組みだ。

魔術ライセンスの保有者は個人事務所の設立・運営が許され、法人団体においても優遇《ゆうぐう》される。公務員としてもエリートと見なされるため、就職の際にも非常に役立つ。

また、魔術ライセンスの取得時には個人情報の登録が必要となるため、取得者の犯罪抑止効果も期待できる。

魔術ライセンスを基盤《きばん》とした教育システムは、一石何鳥分にも匹敵する画期的な違法魔術師対策なんだ。

国立北城魔術女学院《こくりつほくじょうまじゅつじょがくいん》は魔術学校のひとつ。都内にある名門魔術女学院だ。

全校生徒、五三五名。教員の数は六十一名。六つの学生寮《がくせいりょう》を敷地内《しきちない》に備えた全寮制《ぜんりょうせい》。

『魔術基礎《まじゅつきそ》』をはじめとし、儀式《ぎしき》などの形式張った術式を学ぶ『典礼』。魔術の媒介《ばいかい》となる薬物に関する『薬学』。『魔導書』や『呪物』など魔術に用いる道具についての『魔術道具』などの授業が行われる。

二年生からは『自然魔術』、『召喚魔術《しょうかんまじゅつ》』、『呪術《じゅじゅつ》』、『白魔術』、『黒魔術』、『陰陽道《おんようどう》』、『錬金術《れんきんじゅつ》』などの実践《じっせん》的なカリキュラムも導入される。

また、生徒たちには魔術師専用のスマホが支給される。

魔術庁が保有する魔術関連の書物を、閲覧《えつらん》できるアプリ、一定量を超《こ》える魔力《まりょく》に対して警報を鳴らすアプリなど、魔術師にとって便利な機能がインストールされたスマホだ。

また、違法魔術師対策も万全《ばんぜん》。腕利《うでき》きの魔術師である警備員の詰《つ》め所《しょ》が隣接《りんせつ》し、生徒たちのスマホには防犯アプリがインストールされている。

アプリからは救援要請《きゅうえんようせい》を送ることができ、その要請は学院関係者へ通達される。連絡《れんらく》を受けた学院関係者が救援《きゅうえん》に向かえるよう、アプリ保有者の位置情報が把握《はあく》できるシステムも完備されている。

今日から俺はそんな魔女学《まじょがく》にて、『黒魔術』の授業を担当することになった。そして同時に、二年E組の担任となる。

✡　✡　✡

「俺はジョゼフ・グランディエ。名前は完全に外国風だが、日本生まれの日本育ち。見た目通り生粋《きっすい》の日本人だから、うっかり英語で話しかけるなよ？　自慢《じまん》じゃないが、英語の授業で習ったことはほとんど頭から抜け落ちてるからな！」

灰色の外壁《がいへき》を持った四階建ての校舎。その二階にある教室で、俺は生徒たちに自己紹《しょう》介《かい》しながらグッと親指を立てた。

俺の前には四人掛《が》けの座席が右・中央・左の三つ。それが上・中・下と三段に並んでいる。座席列は教室前方にある黒板が見えやすいよう弓状《きゅうじょう》になっていて、三十六名の女子生徒が俺を眺《なが》めていた。

第一印象は、好感を持ってもらうための重要なファクターだ。

そんなわけで、がっつり外国風な名前のわりに黒髪に黄色い肌な、日本人すぎる俺の見た目を利用して、つかみのネタをかましてみた。

だが、残念ながら生徒たちの反応は薄《うす》い。好奇《こうき》と疑惑《ぎわく》の割合が二：八みたいな眼差《まなざ》しを俺に向けている。

灰色のスーツに赤いネクタイを締めた、一八〇センチ近い体躯《たいく》。

左右に魔術道具を納めるポーチがついた、魔術師専用の茶色いベルトを装着している俺——偽《いつわ》りようのないくらい《男性》な俺が、北城魔術女学院の教師に支給されるコートを羽織り、教壇に立っているんだから、仕方ないかもしれない。

ここは魔女学。女子生徒だけの学院だ。教員も俺以外、全員が女性。

俺はこの学院唯一の男性なんだから、彼女たちが警戒《けいかい》するのも当然だろう。何事が起きたのかと混乱してもおかしくない。

出鼻をくじかれてしまったが、挽回《ばんかい》の余地はまだある。現段階では、俺は生徒たちにとって警戒の対象だろうけど、焦《あせ》らずじっくり絆《きずな》を育《はぐく》めば、恋人になれる可能性だって十分にあるんだ。

そして恋人ができた暁《あかつき》には、濃密《のうみつ》な官能空間で記念すべき童貞卒業を果たすんだ！

にやけそうになる顔をキッと引き締め、俺は改めて生徒たちに視線を向けた。

「さて、ひとまず自己紹介してもらってもいいかな？　出席番号順で、まずは——」

「先生」

ガタリ、と椅子《いす》が鳴った。

教室の後方。俺から見て左側に、俺を見下ろすようにしてひとりの女子生徒が立ち上がっていた。

「きみは？」

「物部千夜《もののべちよ》と申します」

物部千夜と名乗った少女は『美人』としか言えなかった。きっとモデルに勧誘《かんゆう》されたこともあるだろう、人並み外れて綺麗《きれい》な女の子だ。

学院二年生の女子としてはかなりの高身長。華奢《きやしゃ》な体躯はピンと背筋が伸ばされて、どこか育ちの良さを漂わせている。

特筆すべきは、スレンダーな体付きには不釣《ふつ》り合《あ》いな、たわわに実った胸だろう。

釣《つ》り鐘《がね》形の双丘《そうきゆう》は、リリスには敵《かな》わずとも女子校生にはあるまじき大きさだ。ワイシャツがパツンパツンに張っていて、白いブレザーが押し上げられている。赤いネクタイがいまにも埋もれてしまいそうだ。

俺と同じく魔術師専用ベルトを巻いた腰元《こしもと》は儚《はかな》いほど細く、しかし見事なくびれを描《えが》き白いスカートへ続いている。

ストレートの髪《かみ》は深い黒色で、星屑《ほしくず》を鏤《ちりば》めたように煌《きら》めいていた。

シャープな印象の小顔で、肌は瑞々《みずみず》しいスノウホワイト。

整った眉をつり上げた物部は、切れ長の目で俺を見ている。いや、睨《にら》んでいると言ったほうが正しい。黒真珠《くろしんじゅ》みたいな漆黒《しっこく》の瞳が剣呑《けんのん》な色をしていた。

彼女は椿色《つばきいろ》の唇を開き、月明かりみたいに澄《す》み渡《わた》ったメゾソプラノで俺に問いかける。

「先生にお尋ねしたいことがあるのですが」

「な、なんだ、物部？　好きな女性のタイプか？」

その眼力に気圧《けお》されながらも、俺は緊張《きんちょう》感をほぐすためにジョークを一発。

物部の眉間《みけん》に縦皺《たてじわ》が刻まれた。やっちまった、冗談は嫌《きら》いなタイプらしい。

物部は芸術品のようにしなやかな人差し指を俺に突《つ》きつける。

「先生はどのような目的でこの魔女学の教員になられたのでしょうか？」

クリティカルすぎる質問に俺の心臓が跳《は》ねた。動揺《どうよう》を悟《さと》られないよう、和《なご》やかな表情を取り繕《つくろ》う。

「目的もなにも、俺はきみたちに魔術のなんたるかを教えるために教師になったんだ」

「……本当ですか？」

それでも彼女の目つきは怪訝《けげん》そうで、疑い深げな様子だった。ほかの生徒も物部に触発《しょくはつ》されたようにざわつきはじめている。

「ああ、本当だ。そもそも教師ってのはそういうものじゃないか？　物部はなにを疑って

いるんだ？」

訊《き》きながら、俺《おれ》は内心で冷《ひ》や汗《あせ》をかいていた。なにしろ俺には不純すぎる動機があるのだから。

魔帝になるために従者を探すという目的——生徒とエッチな関係になるという、通報必至な目的が。

マズい。俺は生徒たちに好意を抱いてもらわなくてはならないのに、現状、真逆のベクトルに進んでいる。好感度が急速に下降中。なんとか軌道《きどう》修正しなくてはならない。このままじゃ不審者《ふしんしゃ》一直線だ。

焦る俺の心情を見透《みす》かしたように、物部が冷ややかに指摘《してき》してくる。

「先生は黒魔術の授業を担当されるのでしょう？　つまり、先生は黒魔術師なんですよね？」

「そのとおりだ。そうじゃなければ専門分野は任せてもらえない。たしかに俺は黒魔術師だよ」

「失礼かと思いますが、だからこそ先生がなにか企《たくら》んでいるのではないかと疑ってしまうのです」

困ったことになったなあ、と俺は顔をしかめる。

魔術分野のひとつ、黒魔術の定義は『他者に害をなす魔術』だ。

その性質上、黒魔術は違法魔術師に頻繁《ひんぱん》に利用されている。違法魔術師＝黒魔術師と言っても差し支《つか》えない。

無論、すべての黒魔術師が違法魔術師なわけではないが、それでも世間では、どうしても悪いイメージを持たれてしまうんだ。

俺はその黒魔術の授業を担当する黒魔術師。とある事情により黒魔術に適性があった俺は、魔術学校時代、重点的にその才能を磨《みが》いた。

だからこそ、黒魔術に詳《くわ》しい俺だからこそ、物部は疑っているのだろう。

俺がこの魔女学で、犯罪紛《まが》いの行為をしでかさないかと。

俺が男性であることも疑念に拍車《はくしゃ》を掛けていると思う。なんと説明すれば誤魔化《ごまか》せるだろうか？

「心配しないで？」

悩《なや》んでいると、俺の真横にある教室の扉《とびら》がガラリと開いて、悠然《ゆうぜん》とした声が届いた。

「ちゃんと学院長から許可をもらっているの。ジョゼフくんは正規の手続きを踏んで先生になったのよ？」

「……リリス？」

思わず俺はポカンとしてしまった。いきなりリリスが現れたことはもちろんだが、それ以上に、彼女《かのじょ》の格好が意外すぎるものだったからだ。

リリスが身につけているのは、紫《むらさき》のジャケットにタイトスカート。赤いネクタイで豊かな胸元《むなもと》を飾り、腰《こし》には魔術師専用ベルト。艶めかしい脚《あし》はガーターストッキングに包まれ、紫のピンヒールで色香《いろか》をプラスしている。

なにより気になるのは、リリスが俺と同じ、教師用のコートをまとっていることだ。

「本当ですか、リリス・マグス先生？」

いきなり現れたリリスに微塵《みじん》も驚くことなく、物部が尋《たず》ねた。

リリスと物部は知り合いなのか？　ていうか、先生？　それに、マ、マ、マグス？

「ジョゼフくんのことを疑うのは仕方ないと思うけど、彼は心から先生になろうとしているの。信じてもらえないかしら？」

「……そうなんですか？」

「もちろんよ？　じゃないと、学院長から許してもらえるはずがないでしょう？」

「それはそうなんですが……」

友好的な笑顔を浮かべるリリスに、物部はばつが悪そうに唇を尖《とが》らせた。

リリスが満足そうな顔をしながら、絶賛混乱中の俺に歩みよってくる。

（リリス、どういうこと？）

（ふふふ。実はわたし、ここの非常勤講師として働いているの。『リリス・マグス』って偽名《ぎめい》を使ってね）

リリスが教師用コートを羽織っているのは、そのためらしい。

（どうしてそんなことしているんだ？）

（ジョゼフくんだけじゃ乗り切れない事態が起きるかもしれないでしょう？　実際、いまさに疑われていたところですしね）

小声で尋ねる俺に、リリスはイタズラっぽくウインクしてみせた。

（だからわたしが同僚《どうりょう》になって、ジョゼフくんのフォローをすることにしたの。なにしろ、あなたにはわたしの旦那《だんな》さまになってもらわないといけないんですものね）

（最後の部分で不安になったけど、総合的にはナイスだ、リリス！）

最高の共犯者に、俺はニヤリと笑《え》みを返す。

「先生はリリス先生のお知り合いなんですか？」

俺に興味を持ってくれたのか、ひとりの生徒が尋ねてきた。

「ああ。リリスはむかしから俺の面倒《めんどう》を見てくれている、姉みたいな存在だよ」

「学院長だけじゃなく、ジョゼフくんの人となりはわたしも保証するわ？」

リリスは、敵愾心《てきがいしん》を氷解させるような穏《おだ》やかな微笑《ほほえ》みを、生徒全員に向けた。

「彼は違法魔術師の手から誰《だれ》かを守りたいという気持ちが人一倍強くて、違法魔術師に対《たい》抗《こう》する手段を伝えたいという思いから教師を目指したの。ステキでしょう？」

俺への疑いを晴らすうえに、株まで上げてくれるらしい。

まったく、リリスには感謝してもしきれないなあ。

「それに、ジョゼフくんは女の子が大好きなの。彼はすべての女性の味方なのよ」

感心していた俺は、続くリリスの言葉に笑みを凍《こお》らせた。

んー？　それは事実だけど、ぶっちゃけていいことなんですかね？

俺と同じように、生徒たちも、揃って、ピキッ、と固まっていた。

「昨日なんて、この学院に就任できる嬉《うれ》しさで一睡《いっすい》もできなかったみたいなの」

「ま、まあ、教師は子どもの頃からの夢だったからな」

「今朝も髪型《かみがた》のセットに二時間もかけて、少しでもオシャレになろうと頑張《がんば》っていたわ」

「しゃ、社会人として当然のエチケットだよな！」

「おかげで、ベッドで愛し合うことはできなかったけれど」

「言い方に語弊《ごへい》がある！　あれはリリスが勝手に潜り込んでくるからだろ⁉」

「けど、いつもは違《ちが》うのよ？　わたしの体を穴が開くほど見つめてくれるし、優《やさ》しくまさぐってくれるし」

「そそそれは、男の本能がさせることであってですね！　不可抗力《ふかこうりよく》であってですね！」

「そんなひとだから、きっとあなたたちも可愛《かわい》がってくれるわ？　心配しないで身を委《ゆだ》ねてね？」

幼稚園《ようちえん》のお遊戯《ゆうぎ》会で主役を務めることになった息子《むすこ》を自慢するかのように、リリスは誇《ほこ》らしげに締めくくった。

悪気はないんだろう。リリスなりに俺の魅力《みりよく》を伝え、生徒たちから好意を得ようとしてくれたんだろう。

けれどリリスの紹介《しようかい》で、生徒たちはきっと、俺のことをこう評価しただろう。

『リリスだけに飽《あ》き足《た》らず、魔女学の生徒にまで手を出そうとしている、最低のタラシ野《や》郎《ろう》』――と。

「――――先生？」

俺の耳に、極寒《ごつかん》の海のように冷たく暗い、物部の声が届く。

おそるおそる顔を向けると、物部は汚物《おぶつ》を見るような目をしていた。

彼女だけじゃない。冷ややかな眼差しが、クラスのあちこちから俺に浴びせかけられている。

「い、いや……いまのは、あくまでもリリスの個人的な意見であってですね？」

引《ひ》き攣《つ》り笑顔《えがお》で弁明しようとしても、生徒たちの視線は氷点下のままだ。

「あら？　おかしいわね？」

最強寒波が到来《とうらい》した教室の様子に、慣れないスマホの扱《あつか》いに戸惑《とまど》うガラケー愛用者みたいに首をかしげ、リリスが呟《つぶや》いた。

✡　✡　✡

翌日。魔女学では本格的に授業がはじまっていた。

俺も黒魔術の教師としては今日がはじめての仕事だ。

「みんなも学んだと思うが、魔術には大きく分けて『召喚魔術』と『自然魔術』のふたつがある。定義に基づくと自然魔術のなかにも黒魔術に属するものがあるけれど、今日は黒魔術の代表格——悪魔《あくま》を用いた魔術について知ってもらいたい」

二年E組の生徒たちはなにも言わずに俺の話を聞いていた。

「え、えー……そもそも悪魔は『聖書の神』と敵対しており、その目的は、いずれ訪《おとず》れるとされる神の王国――『千年王国』の実現を妨《さまた》げることだ。『千年王国』の実現を妨げるには人間を惑《まど》わすことが必要となる。悪魔は人々が持つ《邪悪《じゃあく》な願い》を叶《かな》えることで、その条件を満たそうとするんだ」

私語を口にする者はひとりもいない。教室内に広がるのは俺の解説だけだ。

本来、授業としては文句のない状況《じょうきょう》なんだろう。けれど俺はとてつもなくやりづらかった。クラスのみんなが、半眼で俺を睨んでいるからだ。

「あ、悪魔の恐《おそ》ろしさを物語る事柄《ことがら》として、『悪魔憑《あくまつ》き』というものがある」

俺はその軽蔑《けいべつ》の眼差しに耐《た》えきれず、黒板のほうを向いた。

白いチョークを手に取って、悪魔憑きの特徴《とくちょう》を書き記していく。

「悪魔憑きとは文字通り悪魔に取り憑かれた状態のことを指す。悪魔憑きに陥《おちい》った者は、原因不明の病気に見舞《みま》われたり、過度に暴力的になったり、獣《けもの》じみた異常な力を振《ふ》り回したりする。過去に起きた『ルーダンの悪魔憑き事件』は、集団レベルの悪魔憑き事件として有名だ」

就任早々、俺は危険人物と見なされてしまった。もちろんリリスのせいだ。あの紹介を聞いて、俺を警戒するなと言うほうが難しいだろう。

男性教諭《きょうゆ》というだけで疑惑の目で見られていたんだ。そいつが大の女好きときたら、嫌《けん》悪感《おかん》を抱《いだ》いて当然だろう。

「また、悪魔憑きは黒魔術《くろまじゅつ》の一種でもある。贈《おく》り物《もの》に悪魔を潜《ひそ》ませることで、受け取った相手に悪魔を取り憑かせることができるんだ。だからきみたちも不審《ふしん》な贈り物には注意するんだぞ？　――ええと……ここまで聞いて質問はあるか？」

黒板に書いた悪魔という単語を丸で囲み、即興《そっきょう》で描いた花束に矢印で繋げる。

俺は一旦《いったんふ》振り返って生徒たちの顔を見渡《みわた》した。彼女たちはただ、ジトー……と、半眼で俺を睨んでいる。

「わからないことがあったらなんでもいいんだぞー？」

ジトー……。

「え、遠慮《えんりょ》しなくていいからなー？」

ジトー……。

「――――えー……で、では、悪魔憑きの効果的な対処法についてだが……」

堪《たま》らず俺はもう一度背を向けた。

ダメだ。教え子たちの視線で死んでしまいそうだ。

どうやらほかのクラスにも俺の噂《うわさ》は広まっているらしく、校内での俺は一貫《いっかん》して変質者扱いされていた。俺に話しかける生徒はただひとりとしていない。それどころか、俺の姿を目にしただけで逃《に》げ出してしまう始末だ。

第一印象：最悪。

幸先《さいさき》：鬼悪《おにわる》し。

孤立無援《こりつむえん》、万事休《ばんじきゅう》す、五里霧中《ごりむちゅう》……ありとあらゆる絶望的表現が頭に浮《う》かぶ。

俺は生徒たちに背を向けたまま、魂《たましい》が抜《ぬ》けそうなほどに深く溜《た》め息《いき》をついた。

✡　✡　✡

二年E組での授業は、午前中における最後のカリキュラムだった。

授業が終わった途端《とたん》、生徒たちは我先にと教室を出ていく。

蜘蛛《くも》の子を散らすとはこのことだろうか？　食堂へランチをしに向かっているんだろうけど、そのスピードが尋常《じんじょう》じゃない。

俺と同じ空間にいたくない——そう告げられている気分だ。

「はあぁぁぁぁぁ……」

俺は教卓《きょうたく》に寄りかかり、卓上に突《つ》っ伏《ぷ》していた。右頬《ほお》を机に乗せて、ウダー、と脱力《だつりょく》している。

「こんなはずじゃなかったんだがなあ……」

思い描いたプランでは、はじめての男性教諭に戸惑う生徒たちに紳士的《しんしてき》に接し、徐々《じょじょ》に距離《きょり》を縮め、やがては「先生、教えてください！」「ズルい！　わたしが先に声かけたのよ！」とか取り合いになって、ついには恋人を手に入れ、見事、童貞《どうてい》を卒業する予定だった。

だが現状では、一歩目で盛大に躓《つまず》いている。正直、挽回の余地が欠片《かけら》もないほどの大失敗だ。

ヘコまずにいられない。俺は本当に従者を得られるのだろうか？

「どうしたの、先生？　具合悪いの？」

そんな俺に声がかかった。華《はな》やかで明瞭《めいりょう》とした、可愛らしいソプラノボイスだ。

話しかける子がいたことに驚《おどろ》き、俺は弾《はじ》かれたように顔を上げる。

俺の前に立っていたのは、あどけない顔立ちの、小柄《こがら》な子だった。

その背丈《せたけ》は小学生と見間違《みまちが》えるほど低く、体の起伏《きふく》も乏《とぼ》しい。胸はほとんど膨《ふく》らんでいないし、腰のくびれも目立たない。

サイドでツインテールにされた金色の長髪《ちょうはつ》はどこまでも美しく、ハチミツみたいにツヤツヤとしている。

大きくて丸い、晴《は》れ渡る空にも似た、スカイブルーの瞳《ひとみ》が、俺を不思議そうに見つめていた。

「保健室の場所知ってる？　ボクがつれてってあげようか？」

「い、いや、大丈夫《だいじょうぶ》だ。問題ない」

俺が呆然《ぼうぜん》としながら答えると、彼女は「よかったぁ」と胸を撫《な》で下ろした。

幼げな顔にヒマワリみたいな笑みが咲《さ》く。見ているだけで元気が出るような、眩《まぶ》しいばかりの笑顔だった。

「茅原《ちはら》レイア、だっけ？」

「レイアでいいよ、先生！　ボク、ビックリしちゃったよ。授業終わったら、先生いきなりぐったりしちゃうんだもん」

「あ、ああ、悪い。心配掛けたな」

「んっ！　でもなんともないならよかったよー」

ニコニコと顔をほころばせるレイアは、俺の落ち込んだ姿を見て心配してくれたらしい。

俺はそんなレイアをまじまじと眺めてしまう。するとレイアはキョトンとした顔で、自分の頬をペタペタと触《さわ》った。

「先生？　ボクの顔になんかついてるの？」

「いや……なんていうか、驚いてな」

「驚いた？」

コテン、と首をかしげるレイア。動作のひとつひとつが可愛らしい。人懐《ひとなつ》っこい仔犬《こいぬ》みたいだ。

「俺とまともに話してくれたの、きみがはじめてなんだ。ほら、昨日リリスがやらかしただろ？」

「ああ……あれかぁ、たしかにビックリしちゃったよ」

「だけど、信じてほしい。リリスの発言は誇張《こちょう》されたものなんだ。俺とリリスが肉体関係を持ったことは一度もないし、きみたちがイヤがることをするつもりも毛頭ない。女の子が大好きってのは事実だけど、それは男として当然の感情なんだ。きみたちがステキな男性に惹《ひ》かれるように、俺も女の子に好かれたいって思うんだよ」

「そっか、そうなんだね！」

真剣《しんけん》な目をして切実に訴《うった》えると、レイアは天真爛漫《てんしんらんまん》な笑顔で答える。

その嘘偽《うそいつわ》りない返事に、俺はポカンとしてしまった。正直、ここまであっさり信じてくれるとは思っていなかったからだ。

「……信じてくれるのか？」

「もちろんだよ？　だって学院長が、先生になってもいいって許してくれたんでしょ？　だったら先生は変なひとじゃないよ。それに、先生のことを語るリリス先生、スゴくイキイキしていたし。先生が悪いひとだったら、あんなにも幸せそうな顔はできないよ。だから、先生はいいひとだと思ったんだ」

レイアが苦笑《くしょう》する。

「千夜ちゃんは用心しすぎだよ。黒魔術師って悪いひとばかりじゃないもん。ボク、知ってるんだ。黒魔術師も立派な魔術師だって。ちゃんとみんなのために頑張ってるひとがいるんだよね？」

全肯定《こうてい》されて、思わず俺は涙《なみだ》ぐむ。

レイア、天使かよっ！

「レイア……きみって子は……っ」

「あはは、先生そんな泣きそうな顔しないでよ。感激しすぎだって」

「悪い。ホント、感極《かんきわ》まるってこういうことなんだな……わかってもらえて嬉しいよ」

「わかるよ。だって、ボクのお母さん『魔女』なんだもん」

レイアの笑みの質が変わる。彼女が浮かべているのは自嘲《じちょう》だった。

魔女とは、悪魔と契約《けいやく》を交《か》わし、『魔女術』という特殊《とくしゅ》な術を取得した魔術師のことだ。

魔女は黒魔術師に分類され、悲しいことに違法魔術師である割合が高い。それは一般的《いっぱんてき》にも知られている事実だ。

レイアが俺を信じてくれた一因は、彼女の生い立ちにあるんだろう。

黒魔術師というだけで疑われてしまう俺の境遇《きょうぐう》を理解してくれたことも、どこか痛々しく微笑んでいるのも、彼女が魔女の娘《むすめ》だからだ。

黒魔術師の子どもという理由で、レイアは誤解され続けてきたんだろう。

「そっか……レイアは優しい子だな」

だから俺はレイアの頭を柔《やわ》らかく撫でる。小さな天使のゴールデンブロンドは、シルクみたいに滑《なめ》らかだった。

レイアはそんな俺を見て、クリッとした目をさらに丸くする。

「先生？　ボク、魔女の子だよ？」

「だからどうした？」

「その……変じゃ、ないかな？」

おずおずとレイアが訊いてきた。

レイアの反応の意味はわかる。魔女の子どもという事実は、それだけで引け目を感じてしまうものだ。

「そんなことはない。レイアも言っただろ？　黒魔術師だって立派な魔術師だ。間違《まちが》ってるか？」

だけど俺はレイアが変だとはちっとも思わない。彼女が誰の子どもであろうと、キレイな心の持ち主だってわかるから。

「きみはどこもおかしくない。とてもステキな女の子だよ」

それに俺は先生だ。そんなつまらない事情で生徒を差別する人間ではない。

なおも頭を撫でていると、レイアが頬をゆるませてはにかんだ。

「えへへへ……先生も優しいよぉ」

幸せそうな顔をして、レイアは俺の隣《となり》まで歩いてくる。そして小さな両手で俺の手を包み込んだ。

「ね、先生？　一緒《いっしょ》にお昼食べよ？　先生ってここに来たばっかりでしょ？　ボクのオススメ教えてあげる！」

スベスベでフカフカな感触《かんしょく》に、俺の心臓がドキリと跳ねた。

✡　✡　✡

北城魔術女学院の食堂は校舎一階にある。

食堂の南側と西側はガラス張りになっていて、その向こうには芝生《しばふ》や常緑樹といった癒《い》やしの景色が広がっていた。

開放感溢《あふ》れる食堂には、六人掛けのテーブルが横に五つ、縦に五列並んでいる。

その端《はし》っこ。出入り口から一番遠い列の左端《ひだりはし》に、俺は腰掛けていた。

俺が座《すわ》るテーブルの周りに生徒の姿はなく、さながら海に浮かぶ孤島《ことう》のようになっている。如何《いか》に俺が受けいれられていないかが表れていた。

けれど俺は寂《さび》しくなんてない。むしろテンションがブチ上がっていた。

なにしろ、俺の前にはレイアが座ってくれているのだから。

「――美味《うま》い！」

「でしょ？　ここのお出汁《だし》はとっても美味《おい》しいんだよ！」

「ああ、とてもいい香《かお》りだ。それに出汁だけじゃない。蕎麦《そば》にもコシがあって風味が豊かだな」

俺はレイアに勧《すす》められて注文したタヌキそばを一口すすり、その出来映《ば》えに感動していた。

鰹節《かつおぶし》の芳醇《ほうじゅん》な香りが鼻腔《びこう》をくすぐり、口のなかには昆布《こんぶ》のまろやかな旨《うま》みと甘《あま》みが広がる。

温かい出し汁《じる》に浮かぶ天かすが油のコクをプラスして、なんとも味わい深く仕上がっていた。

蕎麦はツルツルで噛《か》み応《ごた》えもよく、蕎麦粉《そばこ》の豊かな香りが際立っている。

これだけ素晴《すば》らしい出来でありながら、学食ということでお値段なんと二〇〇円。驚きのお値打ち価格だ。

「レイアのオススメは最高だな。教えてくれてありがとう」

「えへへへ……褒《ほ》められちゃったぁ♪」

俺が舌鼓《したつづみ》を打つ姿を眺めながら、レイアが頬をふにゃりとゆるませる。メチャクチャ可愛い。

俺、いま、超《ちょう》リア充《じゅう》してね？　女の子と食事だよ？　美少女ＪＫとキャッキャウフフしてんだよ？

夢のような時間を味わいながら俺は思う。もっとレイアと仲良くなりたい。

だから俺は緊張に渇《かわ》いた口を開き、声が震《ふる》えないように努めながら訊いた。

「よ、よかったら、明日も一緒に食べないか？」

神さま仏さまご先祖さまへ一心に願う。どうかレイアからよい返事がありますように！

「うん、いいよっ！　ボクも先生と一緒がいい！」

「それじゃあよろしくな、レイア」

うおっしゃぁああああああああああああああああああああっ!!

表向きは平然としながら、内心で拳《こぶし》を突き上げて歓喜《かんき》を叫《さけ》んだ。

やったよ、やったぜ、やりました！

天使！　レイアさん、マジ天使！

はじめて魔女学の生徒と仲良くなれたぜ、ひゃっほぉおおおおおおおいっ!!

可愛い教え子に恵《めぐ》まれて俺は幸せ者だ。ついさっきまでの憂鬱《ゆううつ》が一気に吹《ふ》き飛んでしまった。

そんなレイアは注文したキツネうどんをふーふーと冷ましてから、ちゅるちゅると口に運んでいる。

小さな口で一生懸命《いっしょうけんめい》に頬張《ほおば》るその姿はとても健気《けなげ》で、ほっこりと穏やかな気持ちにさせてくれる。

はむはむと味わいながら幸せそうに目を細めるレイア。愛らしすぎて頭を撫でてあげたくなる。

「先生、こっちも美味しいよ？　お揚《あ》げ食べる？　お出汁が染《し》みてとってもジューシーだよ？」

「いいのか？」

「うん、いいよ！」

言いながら、レイアは見るからに美味しそうなきつね色をした油揚《あぶらあ》げを箸《はし》で摘《つ》まみ、おつゆがこぼれないように左手を添《そ》えて、ニコニコしながら差し出してきた。

「はい、あーん」

なん……だと？

俺は驚愕《きょうがく》に目を剥《む》く。

これは、「俺的、女の子にしてほしいことランキングトップ10」に入るイチャイチャ行《こう》為《い》『あーん』だ。

まさか出会って間もない女の子にしてもらえるなんて……しかも間接キスだと⁉

今日の運勢は最悪かと思っていたら、大安吉日《たいあんきちじつ》じゃねぇか、ツンデレかよ！

俺はゴクリと唾《つば》をのみ、震える口を開いた。

「あ、あーん」

身を乗り出す俺の口に、ゆっくりと油揚げが近づいてきて、

「つ、ついに本性《ほんしょう》を現したのね……！」

寸前で背後からおののきに震えた声がして、俺はビクーッと肩《かた》を跳ねさせた。

おそるおそる振り返ると、そこにいたのは、口元を手で覆《おお》いながら軽蔑の視線を向ける物部だ。

「教え子をたぶらかして『あーん』を強要するだなんて……恐ろしいひとっ」

「ちちち違う！　これはただ仲良く食事をしているだけであって断じてやましい気持ちはないっ！」

ぶっちゃけやましい気持ちだらけだが、それを言ったら話がこじれる。

必死で弁解したが、物部はすすす、と俺から距離を取るように後退していく。

もはやその眼差しは嫌悪のものになっていた。あからさまに危険視されている。またしても鬱《うつ》な気分になってきた。

そんな俺に怯《おび》えた顔を向ける子がもうひとり、物部の隣に立っていた。

野を歩む駿馬《しゅんめ》のように美しい、栗毛《くりげ》のショートボブ。際立ったところはないけれど、その体付きは均整がとれている。

発育のいいお椀《わん》形の胸や、スカートの上からでもわかる安産型のお尻《しり》は、女性らしさに溢れていた。

黒いタイツに包まれた脚はほのかな丸みを帯び、太すぎず細すぎずの絶妙《ぜつみょう》な肉付きをしている。突出《とっしゅつ》した部分はないけれど、総合的に見たら美少女以外のなにものでもない。黄金比でこしらえた女神像《めがみぞう》を彷彿《ほうふつ》とさせる、愛らしい女の子だ。

頭のてっぺんが物部の顎《あご》に届くくらいで、一見小柄に映る。けど、それは物部の背が特別高いからだ。女子校生として十分な身長と言えるだろう。

両手首には、勾玉《まがたま》を用いたブレスレット。

たしか彼女は中尾《なかお》円香《まどか》という名前だ。物部やレイアと同じ二年E組の生徒で、物部の隣の席だったはず。

中尾は眉《まゆ》を『八』の字にして、丸い琥珀色《こはくいろ》の瞳で俺を注視していた。おずおずと腰が退けた様子が俺への警戒心《けいかいしん》を表している。

「これは本当に学院長に進言したほうがいいかもしれないわね……」

「しなくていい！　そんなに考え込まないでくれ！　というかしないでくださいお願いします！」

深刻そうな顔つきで踵《きびす》を返そうとした物部に、俺は教師という立場も忘れて平身低頭で懇願《こんがん》する。

「そうだよ、千夜ちゃん！　先生に失礼だよっ！　先生をご飯に誘《さそ》ったのはボクなのっ。一緒に食べたいからこうしてるのっ！」

そんな俺の弁護に回ってくれたのはレイアだった。振り返ると、レイアはぷぅっと頬を膨らませている。

「先生は悪い人じゃないよっ！　みんなが誤解してるだけ！　みんなが先生の言うこと聞いてあげないから困ってるでしょっ！」

天使っ！

天使すぎて、よこしまな気持ちを隠《かく》している俺がゴミのように思えてきた！

「うっ……レイアさんが望んだことなら、わたしに文句はないけれど……」

レイアの迫力《はくりょく》に気圧されたのか、物部はひどくばつが悪そうに、人差し指で長い髪をクルクルとイジった。

「千夜ちゃんと円香ちゃんも先生の話、聞いてあげて？　先生は優しいひとなんだから」

レイアにはいくら礼を言っても足りない。彼女の言葉に背中を押《お》され、俺はふたりに声をかけた。

「物部と中尾も、一緒にご飯食べないか？」

「な、なんでわたしたちが先生と同じテーブルで食事をしないといけないんですか？」

物部がジトッとした目を向けてくる。やはり信じられていない。けれどここで怯《ひる》んではいけない。嘘偽りなく答えよう。

「俺はきみたちと仲良くなりたいんだ。それに、ご飯はみんなで一緒に食べたほうが美味しいだろ？」

物部が目を丸くした。口元をむにゅむにゅとさせる仕草は、どこかためらっているようにも映る。

「ち、千夜、さま……？」

隣に立つ中尾が、不安げに物部を見上げた。か細くも愛らしい、鈴《すず》の音みたいなソプラノボイスを物部に向ける。

やがて物部は、薄《うす》い唇《くちびる》をぐっと引き結んで、

「すみませんが遠慮させていただきます！　お食事中、お邪魔《じゃま》して申し訳ありませんでした！」

うやうやしい言葉遣《ことばづか》いとは対照的に、トゲトゲしい声つきでまくし立て、彼女は背中を向けてしまった。腰まで届く黒髪《くろかみ》が、尻尾《しっぽ》のように揺《ゆ》れ動く。

「あ、え、えと……す、すみません、でしたっ」

そんな物部の態度にあわあわとして、中尾は俺たちにペコリと頭を下げた。足早に去っ

ていく物部を、中尾が慌《あわ》てた様子で追いかけていく。

ふたりに拒絶《きょぜつ》され、俺は肩を落とした。

「ままならないなあ……やっぱり嫌《きら》われてるのかなあ、俺」

「そんなことないよ、先生。千夜ちゃんと円香ちゃんって、いつもあんな感じなの」

項垂《うなだ》れる俺を励《はげ》ますように、レイアが続ける。

「千夜ちゃんと円香ちゃんはいつもふたりきりでいるの。理由はわからないけど、ほかのみんなと距離を取ってるみたい。特に千夜ちゃんはそんな感じでね？　一年生のときから学年トップの成績だけど、みんなと仲良くしようとしないんだ」

「そうなのか……人付き合いが苦手なのかな？」

「うーん……ボクにはね？　なんか違うような気がする」

「レイアはどう思うんだ？」

「なんていうか、遠慮してるような気がする。仲良くしたいけど、それができないっていうか……上手《うま》く説明できないけど……」

「むー」唇を尖らせるレイアの意見を聞きながら俺は思う。

俺が物部にしてあげられることはないだろうか？

不思議と、「そうすれば物部の好感度が上がるかも」とか、打算的な考えは浮かばなかった。

✡　✡　✡

翌朝。俺は四階にある職員室から二年E組の教室へ向かうため、校舎中央にある階段を下りていた。

ホームルームの時間だ。きっと俺はまた、クラス中から警戒《けいかい》の視線を浴びせられることになるだろう。

けれど、俺を受けいれてくれる子はきっといる。

レイアがそのことを教えてくれたし、俺は先生なんだ。恐れないで、彼女たちと付き合っていく努力をしないといけない。

決意を新たに、俺は二階の廊下《ろうか》に出た。

「きゃっ⁉」

「おぉっ⁉」

ドンッ！　と衝撃《しょうげき》が右半身に響《ひび》いたのは直後だ。

どうやら誰かが俺にぶつかったらしい。俺が階段から出てくることに気付かなかったたんだろう。

　結構な勢いで体当たりされたけど、それでも俺《おれ》は男だ。ぶつかってきた生徒のほうが跳《は》ね返されるかたちになり、俺は慌ててその子の手を取った。

「大丈夫か？」

「あ……ジョゼフ先生？」

　ぶつかってきたのは俺の教え子、二年E組の物部だった。

　彼女《かのじょ》の呼吸は荒《あら》く速く、体が小刻みに震え、目尻《めじり》には涙が浮かんでいる。青ざめた顔は、物部が切羽《せっぱ》詰《つ》まっていることを示していた。

　俺は物部の並々ならぬ様子に眉をひそめる。

「どうしたんだ、物部？」

「逃げてっ!!」

　俺が問いかけた途端、その声をかき消すような勢いで彼女は叫んだ。

「逃げて!!　先生、早くっ!!」

　物部の眼差《まなざ》しは懇願するようだった。けれど俺は動かない。物部の肩越《かたご》しに、彼女の姿が見えたからだ。

「……中尾」

中尾円香。物部と同じ、俺の教え子。

「ううううぅうぅううぅ……っ」

中尾は猫背《ねこぜ》になりながら腕《うで》をだらりと垂らしている。肩幅《かたはば》に開かれた両脚《りょうあし》はわずかに曲げられ、重心が前方に乗せられているのがわかった。

まるで飛びかかる寸前の狼《おおかみ》だ。

中尾は獣じみた唸《うな》り声《ごえ》を上げながら、目を剥いて俺たちを睨《にら》んでいる。そこに、昨日見た、彼女のしおらしさは微塵《みじん》もない。

中尾の体から緑色の陽炎《かげろう》が立ち上る。

一目で俺は察した。これは、マズい。

「うぅうぅあああぁあぁあぁっ!!」

「物部っ!!」

中尾が飛びかかってきたのと、俺が物部の手を引いて抱き寄せたのはほとんど同時。

俺は物部を抱《かか》えながら左に跳ぶ。

人間としてありえない速度を出しながら、中尾が直前まで俺たちがいた場所を駆《か》け抜けていった。

物部の黒髪が、中尾の起こした風圧で舞《ま》い上がる。

中尾が階段にあるロッカーを殴《なぐ》りつけた。釣《つ》り鐘《がね》を叩《たた》き鳴らすような轟音《ごうおん》が響き渡《わた》る。

俺はロッカーがグシャグシャにひしゃげ、掃除《そうじ》用具が木《こ》っ端《ぱ》微《み》塵《じん》と砕《くだ》け散るのを横目で見た。

瞬間《しゅんかん》、俺はコートを翻《ひるがえ》し、躊躇《ちゅうちょ》なく物部の手を引いて、叫ぶ。

「走れっ‼」

「――――――っ‼」

物部が息をのんだ。

俺は教室と反対側の廊下へと駆け出した。

教室側に向かうことはできない。いまの中尾を教室に近付けるわけにはいかないからだ。

走り出した俺たちの左側で、砲弾《ほうだん》が撃《う》ち出されるような衝撃音《しょうげきおん》が轟《とどろ》いた。中尾が力任せに防火扉《とびら》をぶん殴ったのだろう。

鼓膜《こまく》が破られそうな爆音《ばくおん》に、「ひっ‼」と物部が体を跳ねさせた。

構わず俺は廊下を走り、角を左に曲がる。そしてすぐそこにあった教室の扉を開けて、室内に駆け込んだ。

俺たちの左側――教室の後方と、廊下《ろうか》側《がわ》の壁《かべ》に木製の棚《たな》が並んでいる。薬学の授業で使う教室だ。

りと座り込む。

俺は教室の窓際《まどぎわ》まで物部をつれてきた。体から力が抜け、彼女はリノリウムの床《ゆか》にぺた
あまりにもショックが大きかったんだろう。物部は過呼吸気味な息遣《いきづか》いでガタガタと震えていた。瞳孔《どうこう》は開ききり、真っ白な肌《はだ》は汗《あせ》でびっしょりと濡《ぬ》れている。

「せ、先生……まど、円香が……」

「わかってる。大丈夫だ」

俺は膝立《ひざだ》ちになって物部と目を合わせた。彼女をなだめるように両肩《りょうかた》に手を置いて、伝える。

「中尾は悪魔憑きに陥っているだけだ」

中尾に起きた異常の正体を、俺はすでに見抜《みぬ》いていた。

狂乱《きょうらん》・過度の暴力性・尋常ならざる力——中尾の異変は、まさに悪魔憑きのそれだ。

「中尾が暴れているのは悪魔の仕業《しわざ》なんだ」

俺はガチガチと歯を鳴らす物部に説き聞かせる。中尾自身に、物部を襲《おそ》う意思はないんだと。

「先生……円香の……円香のロッカーに、封筒《ふうとう》が、入っていて……そ、それを開けた途端……円香が……」

物部が声を震わせながら事情を説明してくれた。

悪魔憑きは黒魔術の一種。贈り物に悪魔を潜ませることで、受け取った人物に悪魔を取り憑かせる魔術だ。

今回のケースでは、教室前の廊下に並ぶ生徒の個人ロッカーに封筒を忍《しの》ばせていたようだ。それを中尾は受け取ってしまったらしい。条件は満たされている。

「周りの生徒たちは？」

「みんなは大丈夫です……わ、わたしだけ……円香は、わたしだけを……お、襲ってきて……っ」

状況は把握《はあく》した。

中尾は何者かの策略によって悪魔憑きにされた。そして中尾を悪魔憑きにした人物の標的は物部。

物部は、違法魔術師《いほうまじゅつし》の犯行に巻き込まれてしまったんだ。

「せ、先生……」

俺が推測を終えると、青ざめた顔をした物部が、俺のコートの裾《すそ》を摘まんだ。その手が弱々しく震えている。

「円香は……わたしを狙《ねら》っているんですよね？」

　だから、と、物部は黒真珠《くろしんじゅ》の瞳を涙で濡らしながら続けた。

「逃げて」

　その眼差しは痛々しいくらい真剣で、胸が締《し》めつけられるほどだった。彼女はこの一言を絞《しぼ》り出すために、どれだけの勇気がいっただろう？

　俺は物部の目を真《ま》っ直《す》ぐに見つめ返す。

「心配するな、物部。きみは俺の大事な教え子だ。きみを置いて逃げられるわけがないだろう？」

　物部の不安を溶《と》かすように、俺は淡《あわ》く微笑《ほほえ》む。

「俺はきみを見捨てない。独りになんて、しない」

　物部が、潤《うる》んだ瞳を見開いた。

　直後、教室のドアが破砕《はさい》の音を立てて吹き飛んだ。物部の肩がビクンッ！　と跳ねる。

　ドアの向こうに、俺たちを見据《みす》えるふたつの目があった。ヘドロのような緑色の陽炎をまとう、中尾の双眸《そうぼう》。

　物部が振り返り、変わり果てた友人の姿に引きつった悲鳴を上げた。

「大丈夫だ」

　俺がもう一度柔らかくそう告げると、物部が縋《すが》りつくような視線を向けてくる。

「中尾は俺が助ける——俺は、きみを守る」

物部の頬が、ぽっ、と色付く。

青ざめた顔に血色が戻《もど》っていた。俺の言葉に勇気づけられたのだろうか？

「危ないから離《はな》れているんだ」

「は、はい」

物部はコクンと頷《うなず》いて、おぼつかない足取りながらも、近くにあった長机の陰《かげ》に避難《ひなん》する。

俺は立ち上がり、物部を庇《かば》うように数歩を踏《ふ》んで前に出た。

「ううぅうぅうぅうぅ……っ」

唸りながら歯を剥く中尾。

俺は昨日の中尾の姿を思い出した。大人しくて臆病《おくびょう》そうな、俺の大切な教え子。

そして目の前にいる中尾を見据える。

俺は、魔術師《まじゅつし》専用ベルトに取りつけられた左のポーチに手を伸《の》ばした。

「いま、助けるからな」

告げると同時、俺は床を蹴《け》って中尾に迫《せま》る。

「うぅうぅうああぁぁあぁぁあっ!!」

中尾が鋭《するど》い反応を見せた。俺の体を刈《か》り取るように、中尾の左手が振《ふ》るわれる。

刹那《せつな》、俺は姿勢を低くしながら前のめりに倒《たお》れ込んだ。薙《な》ぎ払《はら》いの起こした風圧が、俺の髪《かみ》を荒々《あらあら》しく乱す。

俺は前転しながら受け身を取り、その勢いを借りて立ち上がる。

「先生っ！　いやぁああああああああああああああああっ!!」

室内に物部の絶叫《ぜっきょう》が木霊《こだま》した。

俺が振り返ると、中尾はすでに体勢を整えており、鋭い貫手《ぬきて》を放っていた。

眼前に迫る、弾丸《だんがん》の如き右手の突《つ》き。

俺は一歩も動けない。それでも俺は恐《おそ》れなかった。

なにも問題ない。回避《かいひ》する必要がないのだから。

俺の頭を貫《つらぬ》くかと思われた右手突きは、俺に届く寸前、見えない壁に阻《はば》まれたかのように急停止した。

「……え？」

「心配するな、物部。中尾はもう、捕《と》らえている」

俺はすでに手を打っていた。前転しながら受け身を取ったとき、中尾の影に釘《くぎ》を打ち込んでいたんだ。

人間の影は、黒魔術《くろまじゅつ》に用いる重要な道具になる。影はそのひとの生命的な部分であり、それゆえに決して切り離すことができない。

だから、影の動きを制限することは、持ち主の動きを制限することに繋《つな》がるんだ。

先ほど俺がポーチから取り出したのは、棺桶《かんおけ》から引き抜《ぬ》いた釘だ。

棺桶に使われたことで、その釘には魔術を行使するための『魔力《まりょく》』が宿っている。それゆえ、魔術を扱《あつか》うための触媒《しょくばい》――『呪物《フェティシュ》』になるんだ。

俺はその釘を打ち込むことで、中尾の影を床に縫《ぬ》いつけた。彼女はもう、影の外に出られない。

もちろん、釘の存在に気付かれたら、中尾は再び自由となる。

その前に、準備しておかないとな。

俺は呼びかけた。

「リリス」

「ええ」

リリスの応答は俺の背後、破壊《はかい》されたドアのほうから聞こえた。

魔女学《まじょ》の講師を務めていても、あくまでリリスの目的は俺のサポート。

悪魔《あくま》であるリリスは霊体《れいたい》と実体を行き来できる。リリスは物部が襲われた直後から、霊体となって俺の側についていたんだ。

「状況《じょうきょう》は理解しているか？」

「もちろんよ？　ジョゼフくんは千夜ちゃんと円香ちゃんを助けたいのでしょう？」

俺はリリスに歩みよった。

「俺に力を貸してほしい」

「あら？　いまさら他人行儀《ぎょうぎ》ね」

クスリと妖艶《ようえん》に微笑むリリス。

リリスとの距離《きょり》を詰《つ》めるように、俺は顔を近づけていく。

「いつだって、わたしはジョゼフくんの味方よ？」

至近距離でリリスが囁《ささや》き――


俺は、リリスの唇を唇で塞《ふさ》いだ。


「――ふぇっ？」

物部が唖然《あぜん》とした可愛《かわい》らしい声を漏《も》らす。

俺はしっとりモチモチな感触を味わいながら、舌を差し出してリリスの唇をノックした。

「ふぅ……ん……っ」

リリスがわずかに唇を開き、俺の舌を迎《むか》え入れる。

俺はリリスと自分の舌を絡《から》めた。ネロリと湿《しめ》った軟体《なんたい》を舐《ねぶ》り、小突《こづ》き、リリスの口内をかき回す。

「んくっ！　……ふっ……んんっ」

耳の奥《おく》に、クチュクチュといやらしい水音が響く。

ジュルジュルと音を立て、俺はリリスの舌と唇を貪《むさぼ》る。

リリスの体がビクビクッと痙攣《けいれん》した。

「んぅ……はぁぁ……っ♥」

ちゅぱっと音を立てて唇を離すと、リリスは恍惚《こうこつ》と吐息《といき》をもらした。紫《むらさき》の双眸がトロトロに蕩《とろ》けている。

そして俺は得た。歯車と歯車が噛み合うような感覚。異界の存在と繋がった実感を。

俺はその繋がりをたぐり寄せるように、グッと拳を握《にぎ》りしめる。

『人身《ひとみ》御供《ごくう》の血に塗《まみ》れし恐るべき王よ！　遠く使いを陰府《いんぷ》まで下《くだ》せ！』

空間が揺らぎ、俺の背後に巨大《きょだい》な幻影《げんえい》が浮《う》かんだ。

『第一の魔将《デーモン》、モレク！』

その姿は異様。雄牛《おうし》の頭を持った巨人《きょじん》だ。巨人の腰《こし》から下はなく、代わりに業火がくべられた炉《ろ》があった。

『LOOOOOOWWWWMMMMOOOOOOOOOOHHHH!!』

怪牛《かいぎゅう》じみた雄叫《おたけ》びを上げる幻影を見て、物部が呆然《ぼうぜん》と呟《つぶや》いた。

「『魔将』……魔王《まおう》に継《つ》ぐ力を持つ大悪魔……」

俺が呼び寄せたモレクは、古代イスラエルにおいて《王》と称《しょう》された大悪魔だ。

その力の源は、王権を継ぐ者の初子《ういご》。

モレクは生贄《いけにえ》の血と魂《たましい》を要求し、それと引《ひ》き換《か》えに力を発揮したと言われている。

生贄となる子はモレクの炉にのみ込まれたため、モレクの炉は地獄《じごく》と同質とされている。

俺はリリスとキスをすることで、魔王直属の配下――魔将であるモレクとの繋がりを得たんだ。

魔帝《まてい》サタンの娘であるリリスは、悪魔にとって女王と呼ぶべき存在。俺は情愛の悪魔であるリリスの心を満たすことで、彼女の力を借りられる。

愛をもって関係を結ぶ――リリスに従う魔将の力を、一時的に呼び寄せることができるんだ。

そして《魔帝の素質》を持つ俺は、モレクの力を取り込み、具現化することができる。

俺は自らの魔力を解放した。

黒い髪が、眩《まば》ゆいばかりの黄金色《おうごんいろ》に移り変わる。

体から溢れ出すのは、紫色《むらさきいろ》の魔力だ。

溢れ出した魔力におののくように、大気がびりびりと震える。

直後、けたたましい警報が鳴り響いた。

「魔力感知による警報⁉　そんな……この警報は、災厄《さいやく》級の魔力量を感知したときにしか鳴らないのに⁉」

物部がスマホを取り出して目を丸くしている。

「来い、モレク！」

俺が命じると、モレクの幻影は、紫色の奔流《ほんりゅう》にのみ込まれるように溶けていった。

両腕《りょううで》を突き出すと、紫色の魔力は赤熱し、鍛練《たんれん》されるがごとくかたちをなしていく。

生じたのは、灼熱《しゃくねつ》色に燃えるサーベル。雄牛の角を模したような双剣《そうけん》だ。

「『モレクの炎剣《えんけん》』」

俺は二振りのサーベルをつかむ。

そのとき、影を縫いつけられていたことに気付いた中尾が、釘を引き抜いた。

「あぁぁぁあぁぁぁぁぁあああああっ‼」

中尾が牙《きば》を剥き、飛びかかってくる。

「助けは必要？　ジョゼフくん」

「いや、俺ひとりで十分だ」

わずかの動揺《どうよう》もなく答え、突き出される中尾の左腕《ひだりうで》を、右の『炎剣』で受け止める。

直後、『炎剣』から立ち昇《のぼ》った炎《ほのお》が、中尾の腕を包んだ。

「きぃあああぁあぁぁぁあああぁぁぁあああっ‼」

金切るような悲鳴を上げて、中尾が飛び退く。

逃《に》がさない。

タンッ、と地を蹴る。

コートを翼《つばさ》のようにはためかせ、俺は後退する中尾に肉迫《にくはく》した。

「俺の教え子に手ぇ出した罪！　地獄の底で贖《あがな》いやがれ‼」

驚愕に目を剥く中尾に、俺は『炎剣』で真紅《しんく》の十字を刻む。直後、斬撃痕から炎が迸《ほとばし》り、紅蓮《ぐれん》の渦《うず》が中尾をのみ込んだ。

「先生っ⁉」

「大丈夫《だいじょうぶ》だ、物部。俺は中尾を傷つけるつもりなんてない」

炎に包まれる中尾を見てギョッとする物部に、俺はニッと笑いかける。

「俺が滅《ほろ》ぼそうとしているのは、中尾に取《と》り憑《つ》いている悪魔だけだ」

その証拠《しょうこ》に、炎のなかにいる中尾には火傷《やけど》ひとつなく、制服が焦《こ》げる様子もない。

「――――うううううっ⁉」

中尾が自分の体をかき抱《いだ》いて、苦悶《くもん》の声を上げた。

暴《あば》れ狂《くる》う業火は、中尾を覆っている緑の陽炎だけを燃やしていく。悪魔の魂そのものである、緑色の魔力のみを。

地獄と同質であるモレクの炉は、罪人を焼却《しょうきゃく》するためのものでもある。その力を具現化した『モレクの炎剣』も、同質の特性を持っているんだ。

すなわち、『炎剣の所有者の前で、罪を犯《おか》した者だけを焼き尽《つ》くす』。

緑の陽炎が燃え尽き、残された中尾が力を失って、ふらりと倒れる。

「おっと」

『炎剣』の具現化を解いた俺は、中尾の体を抱《だ》き留《と》めた。腕のなかの少女は、すぅすぅと穏《おだ》やかな寝息《ねいき》を立てている。

ロッカーや防火扉を殴りつけていたが、全身を悪魔の魔力で覆われていたためか、中尾の体に外傷は見当たらない。

「――もう大丈夫だからな」

俺は中尾の頭を撫《な》でながら、優《やさ》しく声をかけた。

「せ、先生……」

右斜め前の机の側。一部始終を見守っていた物部が、不安そうに尋《たず》ねてくる。

「円香は？」

「大丈夫。いまは悪魔に取り憑かれた反動で眠《ねむ》っているだけだ。中尾に取り憑いていた悪魔は焼き払った。しばらくしたら目を覚ます」

「そう、ですか……」

ほぅ、と物部が息をつく。

「もう怖《こわ》くないから安心しろ、物部」

俺が微笑みかけると、物部の顔がかすかに赤らむ。

物部は艶《つや》やかな黒髪を、手持《ても》ち無沙汰《ぶさた》な様子でイジった。

「あの……先生？」

「うん？」

うつむきながら、物部がボソリと呟く。

「……あ、ありがとう、ございます」

第二章　生徒たちは好意的？

朝の騒動《そうどう》から一時間が経過していた。

中尾《なかお》を保健室まで届け、俺とリリスは四階にある学院長室を訪《おとず》れていた。

校舎北西に位置する学院長室には赤いカーペットが敷《し》かれ、中央には上等な光沢《こうたく》を放つ黒いテーブルが設けられている。ふたつのソファはいかにも座《すわ》り心地《ごこち》が好《よ》さそうだ。

出入り口のドアから見て左側には、重厚《じゅうこう》な造りの本棚《ほんだな》が四台も置かれていた。

本棚を横目で見やると、そこには魔術に関する専門書や教育論にまつわる書籍《しょせき》がびっしりと並んでいる。部屋の主である学院長の博識ぶりが、本棚の内容に表れているかのようだった。

「生徒たちの安全のため、今日は休校としよう」

木製の豪奢《ごうしゃ》なデスクに腰掛《こしか》ける麗人《れいじん》が、目前に立つ俺とリリスに決定事項《じこう》を述べる。

クリスタルを鏤《ちりば》めたような輝《かがや》きをまとう純銀色——長い艶髪《つやがみ》をポニーテールにした彼女は、エメラルドの如き翠眼《すいがん》を俺に向けている。切れ長の目は凛々《りり》しく、右目の下にあるホクロがなんとも色っぽい。

スッとした細面《ほそおもて》は整っており、薄めの唇にはサーモンピンクのルージュが乗せられていた。

白いブラウスに紺色《こんいろ》のテーラードジャケットを羽織る、リリスに負けないほどの豊胸を持った学院長。

聞くところによると彼女は二十七歳《さい》らしい。学院の長を務めるには若すぎるが、その事実が彼女の才媛《さいえん》ぶりを物語っている。

学院長——奈緒《なお》・ヴァレンティンは、熟成したワインのように深みのあるアルトボイスで続ける。

「教員たちには校内に危険物がないかチェックしてもらおうと思っている。犯人が仕掛《しか》けた呪物や魔術的《まじゅってき》な細工が残っていては困るからね」

学院長が、長く細く粉雪のように白い指を組み合わせた。

「我《わ》が校のセキュリティーは万全《ばんぜん》のはずだった。それなのに生徒を危機にさらしてしまうとは大きな失態だ。彼女たちの安全のためにも、害悪の芽は早急《さっきゅう》に摘まねばならない。ジョゼフくん、きみも手伝ってくれるかな？」

「もちろんです、俺にとっても彼女たちは大切な教え子ですから。生徒たちへの脅威《きょうい》は、なにがなんでも取り除きます」

「いい返事だ」

学院長は口角を上げて艶《あで》やかに微笑んだ。

「ところでジョゼフくん。円香《まどか》くんのロッカーに入っていた封筒についてだが……」

「それならここに。物部《もののべ》から預かっています」

俺はジャケットの内ポケットから白い封筒を取り出した。潜伏《せんぷく》していた悪魔は祓《はら》っているため、もはやなんの効力もない。

俺の手から封筒を受け取った学院長は、その中身を取り出して目つきを鋭くした。

「――『キリカクの梵字《ぼんじ》』か」

封筒から出てきたのは一枚の和紙だ。そこには、止め・跳ね・払いといった、漢字に似た特徴《とくちょう》を持つひとつの文字がしたためられている。

『梵字』と呼ばれる、魔術的な意味合いが込められた文字だ。

「『霊狐《れいこ》』を使役《しえき》する際に使われる呪物だ。どうやら円香くんは『狐憑《きつねつ》き』に遭《あ》ったようだね」

「東洋の魔術における悪魔憑《あくまつ》きですね？」

「ああ。悪《あ》しき狐《きつね》の霊を取り憑かせる呪術《じゅじゅつ》だ」

学院長は嘆息《たんそく》しながら和紙を机の上に放《ほう》る。

「この呪物は力を失っている。魔力を頼《たよ》りに逆探知することは不可能だ。犯人を特定するのは難しいね。……校内の警備をより一層強固なものにする必要がある」

学院長は指組みした手を口元にやり、思案顔で呟いた。

「それにしてもジョゼフくん。就任早々大活躍《だいかつやく》だね」

学院長が視線を上げ、イタズラげな笑《え》みを浮かべた。

「いえ、教え子を守るのは教師として当然のことです。それに学院長には大きな恩がありますからね。ちゃんと仕事しないと罰《ばち》が当たりますよ」

「ふむ。従者云々《うんぬん》の話かな？」

俺は首肯《しゅこう》を返す。

魔帝になること——従者となる女の子を手に入れることが俺の目的だ。

批判されて当然の不純すぎる動機だが、学院長はそれを認めたうえ、便宜《べんぎ》を図《はか》ることも約束してくれた。

彼女の許しがなければ、俺が魔女学《まじょがく》で教師を務めることはもちろん、童貞《どうてい》卒業のチャンスを得ることも叶《かな》わなかっただろう。

「リリスから聞いていると思いますが、よく俺を採用しましたね。言っちゃ悪いですけど正気を疑いますよ」

「なかなか忌憚《きたん》のない発言だ。意外ときみは肝《きも》が据《す》わっているな」

「いや、常識的に考えてごく当たり前の意見ですが」

呆《あき》れまじりに嘆息すると、学院長は至極可笑《しごくおか》しそうにクスクスと笑う。

「あのリリスの頼《たの》みでもあるんだ、わたしに断る理由はない、それにね、ジョゼフくん？わたしはきみに期待しているんだよ」

俺は学院長の真意がつかめず、「期待？」と首をかしげる。

答えたのは、俺の隣《となり》で話を傍聴《ぼうちょう》していたリリスだった。

「ジョゼフくんが魔帝になることを、でしょう？」

「その通りだよ、リリス。これはわたしたち――いや、日本の魔術界が求めてやまないことなんだ」

リリスの答えに満足したように、学院長は目を細めた。

「魔帝とは悪魔を統《す》べる帝王《ていおう》だ。すなわち最強の黒魔術師ということになる。きみがその域に達すれば、なによりも優《すぐ》れた違法魔術師対策になる。違《ちが》うかい？」

たしかに俺が魔帝になれば、俺に敵《かな》う黒魔術師はいなくなるだろう。それだけじゃない。悪魔を統べるということは、あらゆる悪魔に命令を下せるということだ。

黒魔術の多くは悪魔の力を頼りにする。俺はそのことごとくに干渉《かんしょう》できるようになるんだ。俺の指示ひとつで、黒魔術を無効化することだって可能だろう。

それはエクソシストを有さない日本にとって、喉《のど》から手が出るほどの存在だ。

「そうなれば誰《だれ》もがきみのことを認める。責めるなんてもってのほかだ。女性関係に口出しする者もいなくなるだろう。『英雄《えいゆう》色を好む』と言うじゃないか。つまりね？　いまのいいいいいいいいいい、きみを非難したところで、得することはなにもないんだ」

学院長が肩《かた》をすくめた。

「互《たが》いの合意さえあればわたしは口をはさむつもりはない。きみと生徒が望んだことなら、わたしはその関係を全力で後押《あとお》しするよ」

「俺なんかより、学院長のほうがよっぽど肝が据わってるじゃないですか。俺が結果を出す前に世間にバレたら、目も当てられない状況になりますよ？」

「バレなければ問題ない。バレたとしてももみ消せばいい」

ふふふふふ、と学院長が黒い笑みを浮かべた。俺の背筋がブルッと震《ふる》える。

目的のためには手段を選ばないひとのようだ。彼女には絶対に逆らわないことにしよう。

「きみにとっても役得だろう？　ＪＫとのエッチなんて、世の男が切望してやまない夢のプレイじゃないか」

「そうですね。それは男の真理です」

「めくるめく官能の世界を存分に教えてやってくれ。きっと生徒たちもよろこぶ」

「そのよろこぶは『喜ぶ』じゃなくて『悦《よろこ》ぶ』でいいんですよね？」

「わかってるじゃないか、ジョゼフくん。きみの評価を一段階上げねばならないようだ」

俺と学院長は、悪巧《わるだく》みする代官と商人《あきんど》みたいに、悪者めいた笑みを交《か》わす。

このひとは俺と同種だ。同じ匂《にお》いがする。

すなわち、紳士《エロゲユーザー》のたしなみ愛好家。

その証拠に、学院長はハァハァとヨダレを垂らしそうな顔で興奮している。

「教師と教え子の禁断の肉体関係。開発されていく少女の体。そしていつしか、彼女はきみなしでは生きていけなくなってしまう……ああ、なんて背徳的で甘美《かんび》なんだろう。ゾクゾクしてしまうね」

「趣味《しゅみ》が合いますね、学院長。俺もそういう倒錯《とうさく》に満ちた恋愛《れんあい》は大好きですよ」

「では、こうしようじゃないか。校内での淫行《いんこう》を許可しよう」

「ありがとうございます。露出《ろしゅつ》プレイを視野に入れても大丈夫ですか？」

「優秀《ゆうしゅう》すぎるよ、ジョゼフくん。きみほどの逸材《いつざい》なら、愛ゆえにペット志願してくる生徒がいるかもしれないね」

「だとしたら、俺もその愛に応《こた》えないといけませんね。飼育調教して存分に可愛がらないと」

「素晴《すば》らしいよ、ジョゼフくん。そう、変態プレイの根本にあるのは愛なんだ」

「ええ。愛しているからこそ支配されたいと願い、愛しているからこそ支配したいと滾《たぎ》る」

「つまり――」

　俺と学院長は互いを指差し合った。

「「アブノーマルだけど愛さえあれば関係ないよねっ」」

　声が揃《そろ》い、俺と学院長はフッ、と爽《さわ》やかに笑い合う。

　どちらからともなく、俺たちは固く握手《あくしゅ》を交わした。

「ジョゼフくん、今晩空いているかな？　久しぶりに飲みにいきたくなったのだが」

「いいですね、もちろん大歓迎《だいかんげい》です。朝までお供しますよ」

「語るかい？」

「語りましょう」

　ふたりの心が通じ合った瞬間だった。

「奈緒ちゃんがゲスで変態なのはいつものことだけど、ジョゼフくんも大概《たいがい》ね」

　そんな俺たちを、リリスが満足そうに眺《なが》めていた。

✡ ✡ ✡

俺《おれ》は学院長室をあとにして、清々《すがすが》しい気分でドアを閉めた。

リリスは残り、これからの対応について学院長と話し合うらしい。

まさかこんなところで同志《とも》に出会うとは……ここは素晴らしい学院だ。

「あ、せ、先生」

「ふぉばっ⁉」

直後、背後から声をかけられて、俺は奇声《きせい》を発する。

振り返ると、俺の前には中尾と物部が立っていた。

「中尾！　もう起き上がっても大丈夫なのか？」

「え、あ、は、はい！　大丈夫、です。と、ところで先生は、その、なんでそんなに、あ、慌《あわ》てているんですか？」

「あああ慌ててなんかいないぞ？　中尾の気のせいだ！」

「そ、そう、ですか？」

「ああ、そのとおりだきっとそうだ！」

不思議そうに中尾が首をかしげ、物部が呆れたようにこちらを見ている。

話すわけにはいかない。「きみたちの学院長とアブノーマルプレイについて熱く語り合っていたんだ」なんて。

世の中には知らないほうが幸せなことがある。だから俺が誤魔化《ごまか》しているのも、彼女たちを思っての配慮《はいりょ》なんだ。そういうことにしよう。

「あ、あの……す、すみません、でしたっ！」

心のなかで言い訳していると、中尾が勢いよく頭を下げた。

「ど、どうした、中尾？」

「その……わ、わたし、危《あや》うく千夜《ちよ》さまを傷付けてしまうところで！　せ、先生にも襲いかかってしまい、ご、ご迷惑《めいわく》を……で、ですから！　その、本当に、なんて謝《あやま》ればいいか……っ」

「なんだ、そのことか。大丈夫だ、気にすることはない」

「で、でも……っ」

顔を上げた中尾の目には涙《なみだ》が浮かんでいた。俺に迷惑を掛《か》けたと思って、自分を責めているんだろう。

そんな彼女《かのじょ》を見て、俺は柔《やわ》らかく微笑む。

中尾は純粋《じゅんすい》で優しい心の持ち主なんだろう。だからこそ、こんなにも責任を感じてしまうんだ。

俺は彼女の頭をそっと撫でる。

「俺はきみたちの先生なんだ。遠慮《えんりょ》することなんてない。迷惑だとも思ってない。きみを助けられて、それだけで俺は満足なんだ」

俺が穏やかに言うと、中尾が丸い瞳《ひとみ》をいっぱいに開いた。

「きみが無事でよかった」

一番伝えたいことを口にする。

中尾は真っ赤な顔になり、口をあわあわと忙《せわ》しなく動かして、再びペコッとお辞儀《じぎ》した。

「あ、あああ、あのっ！　そのっ、あ、あり、ありがとうございますっ」

うん、これだけ元気なら問題なさそうだ。

「……先生？」

そんな俺たちの様子を見守っていた物部が口を開いた。なぜか俺と目を合わせずに、なぜか唇《くちびる》を尖《とが》らせながら。

「わたしたちを助けてくれたとき、先生、してましたよね？」

「うん？　なにを？」

「あれです。その……リリス先生と、キ、キス、を」

俺はビキッと固まった。

冷《ひ》や汗が頬《ほお》を伝う。中尾も口をポカンと開けていた。

そうだ。思い返してみればそうじゃないか。俺はあのとき、『モレクの炎剣』を作るためにリリスとキスをしたんだ。それもかなり激しく情熱的に。

その場面を物部に目撃《もくげき》されてしまった。というか見せつけてしまった。

一気に血の気が引く。

「あああれは一種の儀《ぎ》式《しき》のようなものなんだ！　俺は魔将の力を取り込んで具現化できるわけなんだが、そのためにはリリスの協力が必要といいますか、手続きというか条件というかとにかくどうしてもああいうことをしなくてはならないわけでして！」

「そんなに必死になってまくし立てなくても大丈夫ですっ！　いくらなんでもあの場面で不埒《ふらち》な行為《こうい》に及《およ》ぶはずがありませんから。それくらいには、その、信じています」

依然《いぜん》、俺の目を見ないまま、不満そうに物部が言う。一応、あのキスが魔術的な工程のひとつだと理解してくれたらしい。

俺は胸を撫で下ろした。中尾の無事を確認《かくにん》したとき以上にホッとする。

「ただ、ですね？　教えていただきたいんです」

「なにを？」

「どうしてわたしの見ている前でキスしたんですか？　リリス先生とキスしたら、わたしに誤解されると思わなかったんですか？　わたしは、先生のことを疑っていたんですよ？」

物部はばつが悪そうな顔をした。

就任初日。俺が自己紹介《しょうかい》をしたとき、黒魔術師である俺がなにか企《たくら》んでいるのではないかと物部はひどく警戒《けいかい》していた。

俺が魔女学の教師になったのには裏があるんじゃないかと。

あのとき物部が俺に向けた、ゴミを見るような眼差《まなざ》しはいまでもトラウマだ。氷点下の瞳はゾッとするほどの軽蔑《けいべつ》に満ちていた。

物部に指摘《してき》されて、俺は心のなかで絶叫した。

ヤッベぇぇぇぇぇぇぇぇぇぇぇぇぇぇぇぇぇぇぇぇぇぇぇぇぇぇぇぇぇぇぇっ!!

なぜなら、俺が魔女学の教師になったのには裏があるのだから。

「物部ぇ!!」

「ふひゃぁっ!?」

俺は物部の両肩《りょうかた》をつかんで身を乗り出した。

「違うんだ！　あのキスには本当にやましい気持ちなんて一切《いっさい》ないんだ！　お願いだ、信じてくれっ!!」

「わ、わかってます！　ですから落ち着いてください！　かっ、顔が近いです……っ」

必死の弁解に、物部は赤くなった顔をうつむかせながらも納得《なっとく》してくれた。

危なかった……物部が納得してくれなかったら、中尾にまで愛想《あいそ》を尽かされていたかもしれない。

物部の肩から手を離し、俺は安堵《あんど》の息をつく。

「それで、どうしてキスなんてできたんですか？　わたしがいたのに、どうしてためらわなかったんですか？」

再び物部が唇を尖らせる。胡乱《うろん》げな目つきで尋ねられたけど、俺には上手《うま》く答えることができない。

「どうしてって訊《き》かれてもなあ……あのときは必死だったし、物部の目を気にする余裕《よゆう》なんてなかったというか……」

頭をかきながら、俺は考えをまとめる。

「物部と中尾を助けることしか頭になかったし……だからまあ、物部に疑われているとか、そんな些細《ささい》なことは思い浮かばなかったんじゃないか？」

「ようするに」と、俺はふたりに向かって歯を見せて笑った。

「俺にとっては、自分がどう思われるかよりも、きみたちのほうがずっと大切だったってことだろ」

正直に伝えると、ふたりの頬が赤く染まる。

「せ、先生……」

中尾がどこかポーッ、とした表情で俺を見上げてくる。その不思議な反応に、俺は首をかしげた。

「そう、ですか」

ポツリとした呟きに視線を戻すと、いつの間にか物部は俺に背を向けていた。

「物部？」

「先生は……へ、変なひとですね」

「うっ」

物部はどこか戸惑《とまど》っているみたいだった。

俺は物部に呆れられてしまったのだろうか？

そう思い、俺は項垂《うなだ》れた。

✡　✡　✡

それからさらに一時間後。俺は学院長の指示どおり、学院内の調査を行っていた。

俺の担当は二年生の教室だ。現在俺は、二年E組の教室で、一番上の段の座席を調べていた。

教壇《きょうだん》から見て左の座席は物部も使っている。彼女は違法魔術師《いほうまじゅつし》の標的にされたのだから、ここは特に念入りに調べなくてはならない。

俺は座席の下に潜《もぐ》り込みつつ、黒板に魔術的トラップがないか探している、長身痩躯《そうく》の新人警備員に声をかけた。

「なにか見つかりました？」

「こちらはなにも。グランディエ先生のほうはどうですか？」

「『ルーン』や『呪符《じゅふ》』の類《たぐ》いはないですけど、視認《しにん》できない仕掛けがあるかもしれませんからね。いまから探《さぐ》ってみます」

ベルトのポーチから、鎖《くさり》のついた水晶《すいしょう》——『ペンデュラム』を取りだし、水晶を下にして持つ。いわゆる『ダウジング』だ

垂れ下がる水晶の動きを俺は注視した。魔術的トラップがあるならば、水晶が感知して反応を見せるはずだ。

反応の有無《うむ》を確認するまでのあいだ、俺は考える。

俺にはわからなかった。

北城魔術女学院《ほくじょうまじゅつじょがくいん》のセキュリティーは万全だ。各種アラームに加え、腕利《うでき》きの魔術師《まじゅつし》が警備員として勤めている。

夜間の警備も抜かりない。毎晩巡回《じゅんかい》をしているため、不法侵入者《しんにゅうしゃ》に気付かないことはまずない。

さらには警備員が操《あやつ》る式神によって、監視網《かんしもう》が構築されているという徹底《てってい》ぶりだ。

それなのに、中尾のロッカーには狐憑き用の呪物が仕込まれていた。警備員による巡回と、式神による監視網があるにもかかわらず。

一体、誰がどうやって、監視《かんし》の目をかいくぐったのだろう？

二〇秒経《た》っても水晶は動かない。

俺は思考とダウジングを打ち切って、ペンデュラムをポーチに戻《もど》し、立ち上がった。

「異常なしですね。座席はこれで最後です」

「私のほうも問題ありませんでした。この教室は一通り調べましたね」

「そうですね。次に向かいましょう」

警備員と話しながら階段を下り、俺は二年Ｄ組へと向かった。

きた。

✡　✡　✡

校内の調査の結果、不審物《ふしんぶつ》や異変はないと確認され、翌日には授業を再開することができた。

俺は二年E組の教壇に立ち、黒魔術《くろまじゅつ》の講義をはじめていた。

「黒魔術には基本的な法則がある。『類似《るいじ》の法則』と『感染《かんせん》の法則』だ。今日はこれらふたつの法則について学んでほしい」

例の如く、生徒たちが俺に向ける視線は冷ややかなものだ。

「まずは類似の法則だが、簡単に説明すると、『似たもの同士は互いに影響《えいきょう》し合う』というものだ。たとえばここに類似したものがふたつ——AとBがあるとしよう。このときAになんらかの作用をもたらすと、Aと似たものであるBにもその効果が及ぶ」

針のむしろ状態だが、それでも俺は授業を進める。

「次に感染の法則だ。これは『なにかの一部だったものや接触《せっしょく》していたものは、離れたあとでもそのものに対して影響力《えいきょうりょく》を持つ』という法則だ。ふたつの法則は、合わせて『共感の法則』と称され、これらの法則を用いた魔術は、『類感魔術』・『感染魔術《かんせんまじゅつ》』・『共感魔術』

てもらいたい」

と呼ばれている。それから、共感の法則は『自然魔術』の原理に基づくことも覚えておい

法則の説明はしたけれど、それだけではわかりにくい部分もあるだろう。そう考え、俺はイメージ促進《そくしん》のため、共感魔術の一例を紹介《しょうかい》することにした。

「共感魔術の代表格として、まず挙がるのは『丑《うし》の刻参り』だろう。みんなも知ってると思うが、丑の刻参りとは、わら人形に釘《くぎ》を打ち込むことで相手を呪《のろ》う術だ。

さて、ここで用いるわら人形が呪う相手を模していることに気付いたかな？　つまり、ここには類似の法則が適用されているということだ。

さらに丑の刻参りの手法において、呪う相手の毛髪《もうはつ》や爪《つめ》をわら人形に縫《ぬ》い込むと、より効果が高まる——これは感染の法則のたまものだ」

俺は丑の刻参りの要点を黒板にまとめ、振《ふ》り返った。

「このように、黒魔術にもちゃんとした法則性があるわけだ。——ここまでで質問はあるか？」

教室は静寂《せいじゃく》に包まれていた。生徒たちは相変わらず、ジトー……と、冷たい半眼を俺に向けている。

こうなるのは覚悟《かくご》していたけれど、流石《さすが》に応《こた》える。ヘコんでしまう。

「先生」

内心で涙目になっていたとき、凛《りん》としたメゾソプラノが俺の耳に届いた。見ると、物部が真《ま》っ直ぐに挙手している。

「あ、ああ。なんだ、物部」

わずかに動揺しながら応じると、物部は静かに立ち上がり、尋ねてきた。

「昨日、先生が用いられた魔術もそれらの法則に基づいたものなんですか？」

「……うん？」

「昨日……わたしたちを助けてくれたときの魔術です」

物部が、若干《じゃっかん》恥《は》ずかしそうに目を逸《そ》らす。

思いもよらない質問に、俺は呆気《あっけ》にとられた。

物部は唇を尖らせながら続ける。

「あのとき、円香を止めるために先生は魔術を使ってくれたんですよね？　その魔術の原理を教えていただきたいんです」

「あ、ああ。あれも共感魔術の一種だ。あのとき俺は、中尾の影《かげ》を床《ゆか》に縫いつけただろ？そうすることで、影の本体である中尾を止めたんだよ。影は本人と類似したものであり、接触しているものでもあるからな。影を捕《と》らえるという行為は、本体の動きを封《ふう》じることに繋《つな》がるんだ」

　気を取り直して俺が答えると、物部は、「そうですか」とどこか素っ気ない態度で着席した。

　物部が席についたあと、やにわに教室内の雰囲気《ふんいき》が変わる。

「昨日ってさ?」

「中尾さんが狐憑きに遭ったんだよね?」

「それで休校になって……そのとき中尾さんを助けたのって……」

「えっ?　もしかして先生なんですかっ!?」

　ざわめき立つ生徒たち。彼女たちの眼差しからは警戒の色が消えていた。代わりに浮《う》かぶのは好奇《こうき》の色だ。

　意外すぎる展開に、どう対応すればいいのかわからない。

「そ、その通り、ですっ」

　俺が呆然《ぼうぜん》と立ち尽くしていると、物部の隣に座っていた中尾がガタッと椅子《いす》を鳴らし、勢いよく立ち上がった。

「せ、先生はわたしを止めてくれて……その、ち、千夜さまを傷付けずに済んだのは、先生のおかげなんです!　ですから!　あの、わたしと千夜さまは助かって……助けていただいて！　……だから！　せ、先生は、わたしたちの恩人なんですっ！」

つっかえながらも一生懸命《いっしょうけんめい》、クラスのみんなに訴《うった》える中尾。その直向《ひたむ》きな姿に、ほかの生徒たちが目を丸くした。

「もしかして……あたしたち、先生のこと誤解してた？」

「うん。ほら？　男の先生ってはじめてだったもんね」

「でも、物部さんたちを助けたって……ちゃんと先生っぽいよね？」

「ていうかさ？　女の子をピンチから救うって……なんか、カッコよくない？」

そこかしこから聞こえる囁《ささや》きは明らかに好意的なもので、俺は囁く声がかしましくなっていく様子をただ眺めていた。

そこでふと思う。

もしかして、物部たちはこの展開を狙《ねら》っていたんじゃないか？

ふたりは四面楚歌《しめんそか》状態の俺を助けてくれたんじゃないか？

質問の体で、俺に助けてもらったことを知らせようと思ったんじゃないか？

俺が危険人物じゃないと、訴えようとしてくれたんじゃないか？

俺はふたりのほうへ目をやった。俺の視線に気付いた中尾がかすかにはにかむ。

一方、物部はまたしてもそっぽを向いてしまった。

けれど、その横顔には朱《しゅ》が差しているようだった。

✡　✡　✡

今日も俺とレイアは一緒《いっしょ》に昼食をとっていた。

本日、レイアがオススメしてくれたのはメンチカツカレーだ。ジューシーなメンチカツの肉汁《にくじゅう》と、コクのある濃《こ》いめのルーが絶妙《ぜつみょう》にマッチしている。

俺とレイアが使っているテーブルにほかの生徒は座っていないが、以前のような孤立《こりつ》状態ではなかった。生徒たちはちゃんと周りのテーブルを利用していて、チラチラとこちらをうかがっている。

その視線も侮蔑《ぶべつ》のものじゃなく、好意のものだろう。時折黄色い声が上がるのがその証拠だ。

午前中の授業以降、学院内での俺の評判はガラリと変わっていた。俺を避《さ》ける生徒はもういない。代わりに、親しげに話しかけてくる生徒が急増した。

まあ、俺の生まれを踏まえれば、当然の反応だろうけど。

「せ、先生？　ここ、座ってもいいですか？」

ああ……やっと俺の童貞卒業プランがはじまるんだな、過酷《かこく》な道のりだったぜ。

そんなふうに感慨深《かんがいぶか》く思っているときだった。物部と中尾が相席を求めにきたのは。

「へ？　あ、ああ、もちろんいいぞ？」

「では、失礼します」

戸惑いながら答えると、ふたりは椅子を引いた。

焼き魚をメインとした和定食を持参した物部は、レイアの左隣《ひだりどなり》。

小さめの丼《どんぶり》をトレイに乗せた中尾は、ふたりの対面——俺の右に腰掛ける。

「せ、先生？　ありがとう、ございます」

中尾が上目《うわめ》遣《づか》いで微笑《ほほえ》んだ。

むしろ、こちらこそありがとうと言いたい。三人の美少女とランチなんて軽いハーレムじゃないか。ラノベ主人公になった気分だ、超気持《ちょうきも》ちいい。

「いや、俺もきみたちと一緒に食事したかったしな」

「そ、そうですか……えへへ……」

中尾はテーブルに視線を移し、口元をむにむにと動かした。

なんとなく笑っているように見える。みんなとご飯を食べるのが嬉《うれ》しいのだろうか？

「千夜ちゃんと円香ちゃんも先生と仲良しになってくれるんだねっ？」

「ち、違うのよっ？　その、空いてる席が見つからなかったの！　だから仕方なく！　そう、仕方なくなのっ！」

レイアがニパッと笑いかけると、物部は珍《めずら》しく取り乱した様子で否定した。

物部の答えを聞いて俺は辺りを見回す。空いている席が散見でき、食堂内はそれほど混んでいないように感じる。

俺は首をかしげた。物部は不思議なことを言うものだな。

それにしても、どんな心境の変化だろう？

ふたりとも、一昨日《おととい》は俺のことを警戒していた。物部に至っては毛嫌《けぎら》いしていたと言っていい。

食事に誘《さそ》ってもすげなく断られたのに、今日はふたりから近づいてきている。

午前中の授業でも俺を助けてくれたし――

「そうだ。ふたりとも、今日は本当にありがとう」

「な、なんのことですか？」

そのときのことを思い出して礼を告げると、物部は唇を尖らせながらそっぽを向いた。

「物部と中尾が昨日のことを話してくれたおかげで、俺はやっと生徒たちに受けいれられたみたいなんだ。何度も心が折れそうになったけど、いまは穏《おだ》やかな気分で授業ができそうだよ」

「そうですか。偶然《ぐうぜん》とはいえよかったですね」

「偶然なのか？　てっきり俺は、狙ってやったことかと——」

「そ、そんなわけないじゃないですか！　なんでわたしが先生を助けないといけないんです？　先生のことなんてなんとも思ってないんですからねっ！」

「そ、そうか……なんかスマン」

激しい剣幕《けんまく》で物部に否定され、俺は項垂れた。

もしかしたらデレたのかもしれないと思ったんだが……そう上手くはいかないか。

「千夜さま……」

中尾が、なぜだか不憫《ふびん》そうな視線を物部に向けていた。

「と、ところで先生？　先生はレイアさんのことを下の名前で呼ばれていますよね。それなのに、なぜわたしたちのことは苗字《みようじ》で呼ばれるのですか？」

「え？　特に理由はないけど。最初から苗字だったろ？」

「ですが、生徒には平等に接するべきだと思いますよ？　平等——そう平等に！　ですから、先生はわたしたちのことも下の名前で呼ばれるべきなんです！」

『平等』の部分をやたらと強調しながら物部が力説する。

俺は物部の勢いに気圧《けお》されて、軽くのけ反った。

「そ、そういうものなのか？」

「そうです！　先生は生徒を平等に扱《あつか》うべきです！」

「それじゃあ、千夜と円香、でいいか？」

「し、仕方ないですねっ！　平等に扱うべきなんですから仕方ありませんっ」

仕方ないと思うならわざわざ提案しなくてもいいのになあ。デレてないとしたら、今日の千夜はどうしたんだろう？

首を捻《ひね》る俺の隣、円香は頬に両手を当ててうつむいていた。この反応は照れているんだろうか？　円香がどんな顔をしているのか見えないから、断言できないけど。

「……千夜ちゃんってさ？　素直《すなお》になれないの？」

「な、なんのことかしら、レイアさん？　残念ね。なにを言ってるのかさっぱりわからないわ！」

「……千夜ちゃんが一番残念だと思う」

そしてレイアと千夜のやり取りはなんだろう？　なぜレイアは千夜に半眼を向けているんだろう？

女慣れしてればわかるのかもしれないが、俺、童貞だしなあ……。

「ふふふっ、わたしからもお礼を言わせてもらっていいかしら」

ふと、満足げな笑みを含《ふく》む声がした。

見ると、ボリュームたっぷりのステーキ丼をトレイに載《の》せたリリスが、俺たちのテーブルに近づいてくる。

「ありがとう。ジョゼフくんと仲良くしてくれて」

「な、仲良くなんてしていませんっ」

淑《しと》やかに話しかけるリリスに、千夜が真っ赤な顔で反論する。

リリスはそんな千夜を微笑ましげに眺め、俺の左隣に座《すわ》った。

しばらく千夜はむくれていたが、やがて気持ちを鎮《しず》めるように息をつき、再び口を開く。

「……リリス先生がいらしたことですし、ちょうどいい機会かもしれませんね」

「どうした、千夜？」

千夜の雰囲気が静かなものに変わる。唐突《とうとつ》な変化を不思議に思い、俺は尋《たず》ねた。

「おふたりに、うかがいたいことがあったんです」

千夜が表情を引き締《し》める。

「リリス先生、ジョゼフ先生。あなたたちは何者なんですか？」

千夜の質問に俺の心臓が跳《は》ねた。

なにしろリリスは悪魔《あくま》で、そして俺もただの人間じゃないからだ。

「先生は仰《おっしゃ》いましたね。魔将《デーモン》の力を取り込んで具現化できると。そして、それにはリリス先生とのキスが必要だと」

頬を冷《ひ》や汗《あせ》が伝うのを感じつつ、俺は頷《うなず》きを返す。

「あのあと気になって調べたのですが、キスにより魔将を喚《よ》ぶ魔術も、魔将の力を取り込み具現化する魔術も、存在しなかったんです」

千夜の眼差しが、真っ直ぐに俺を射貫《いぬ》く。

「無論、公になっていない魔術も存在するでしょう。ですが、そんな特異な術を扱える時点で、おふたりがただの魔術師ではないことがわかります」

千夜が、「あなたたちは何者なんですか？」と繰《く》りかえす。

剣呑《けんのん》ささえ混じった千夜の雰囲気に、レイアと円香も困惑《こんわく》気味に俺たちのほうへ視線を向けた。

三人に見据《みす》えられ、俺は長く息を吐《は》く。

ここまできたら隠《かく》しとおすことはできないだろう。それに、俺が従者を探す以上、いつかは明かさないといけなかったことだ。

俺はスプーンを置いて、リリスを見やる。

俺の視線を受けたリリスは、なにも心配いらないとばかりにニッコリ微笑んだ。

一旦《いったん》まぶたを伏《ふ》せ、俺は覚悟を決める。

「まず知っておいてもらいたい。俺とリリスの事情は学院長も知っていて、黙《だま》っていたのは、決してきみたちを騙《だま》そうと思ったわけじゃないんだ」

神妙《しんみょう》な顔をした教え子たちがしっかりと首肯《しゅこう》した。

一拍《ぱく》おいて、俺は告げる。

「リリスは悪魔だ。そして、俺はリリスの血統を継《つ》いでいる」

三人が目を丸くして息をのんだ。

「俺の母親は『リリム』。リリスの妹で、《好色》の悪魔だ」

つまり――

「俺は悪魔である母さんと人間とのあいだに生まれた、半人半魔なんだよ」

だからこそ、俺には《魔帝《まてい》になる素質》があるんだ。俺の母さんは、サタンの血を継いでいるんだから。

魔将の力を取り込んだとき、俺の髪《かみ》が金色に変わるのも、サタンの血の影響だ。

しばらく沈黙《ちんもく》したあと、円香がおそるおそるといった様子で訊いてくる。

「あの……ど、どういった事情で……その、先生のお父さんとお母さんは、結婚《けっこん》、されたのでしょう?」

「結婚なんてしていない」

「ふぇ?」

吐き捨てるように言った俺に、円香が面食《めんく》らったような顔をした。

「俺の父親はどうしようもないクズで、そのくせ力だけはあった——母さんですら敵《かな》わないほどに」

忌まわしい記憶がフラッシュバックし、俺は顔をしかめる。

「あの男は、自分の願望を満たすために母さんを犯《おか》した。そのとき母さんが身籠《みご》もったのが、俺だ」

円香が青ざめ、絶句する。

「そして俺はとある事件で母さんを失い、リリスに助けてもらった。それからはリリスが親代わりになり、俺を育ててくれたんだ。俺がはじめてきみたちと会ったとき、リリスのことを、『むかしから面倒《めんどう》を見てくれているひと』と紹介したのはそのためだよ」

言葉を失ったままの三人に向け、俺は続ける。

「最初の授業で、俺はきみたちに悪魔の恐《おそ》ろしさを伝えた。悪魔は人間を惑《まど》わし、《邪悪《じゃあく》な願い》を叶《かな》える存在であると。けれどリリスは違《ちが》うんだ。ひとりぼっちになった俺を救ってくれた優《やさ》しい悪魔なんだ、信じてほしい。そしてできれば、俺のことも信じてもらえたら嬉しい」

話し終えたあと、俺たちのあいだに残ったのは沈黙だった。周りの生徒たちの喧騒《けんそう》が、遠い出来事のように感じる。

俺は判決を待つ被告人《ひこくにん》の気分を味わいながら、唾《つば》をのんだ。

いくら言葉を尽《つ》くしたところで、俺の気持ちが届くとは限らない。むしろ拒《こば》まれる可能性のほうが高いだろう。

なにしろ、千夜と円香は狐憑《きつねつ》き事件の被害者《ひがいしゃ》なんだ。三人とも、悪魔に対していい印象は持っていないだろう。

息を凝《こ》らして待ち続ける俺は、スン、と鼻をすする音を聞いた。

隣《となり》を見ると、円香の琥珀色《こはくいろ》の瞳から、大粒《おおつぶ》の涙がこぼれ落ちている。

「そうなん、ですか……せ、先生は、お辛《つら》い思いを、されたんですね……」

「円香？」

ギョッとする俺に、レイアが眉《まゆ》を寝《ね》かせた優しい笑《え》みを向けた。

「でも、リリス先生がいてくれてよかったよ。じゃないと、ボクたちは先生に会えなかったんだもん」

「レイア……」

「なにを驚《おどろ》いているんですか、先生」

千夜がたわわな胸を持ち上げるように腕《うで》を組んで、唇を尖らせる。

「わたしたちがおふたりを軽蔑するとでも思ったんですか？　だとしたら侮《あなど》りすぎです。リリス先生が悪魔であろうと、ジョゼフ先生が悪魔の血を引いていようと、わたしと円香を助けてくれたことに変わりはありません。わたしも円香もレイアさんも、種族や血筋でおふたりを見限ることなんて、天地がひっくり返ってもあり得ません」

少しだけ不機嫌《ふきげん》そうな千夜の口ぶりに救われたように思えて、俺の胸の奥《おく》が温かさで満たされた。

そうか、俺はこの子たちに信じてもらえたんだ。受けいれてもらえたんだ。

「ところで先生？　先生がリリス先生の血筋を継いでいるとしたら、絶対に看過できない問題があるのですが？」

胸を撫《な》で下ろす俺に、千夜がにこやかな笑みで訊いてきた。

なぜだろう？　その笑顔《えがお》が吹雪《ふぶき》のように冷ややかに見える。千夜の背後にどす黒いオーラが浮かんでいるのは気のせいか？

「ジョゼフ先生とリリス先生は、ベッドで愛し合ってらっしゃるそうですね」

「へ？」

「ジョゼフ先生はリリス先生の体を穴が開くほど見つめられ、優しくまさぐってらっしゃるそうですね」

ああー、そういえばリリスがやらかしてましたね。

俺が魔女学の生徒たちに危険視された原因——リリスが俺のことを誇張《こちょう》して紹介したとき言っちゃってましたね。

いまさらフラグ回収ですか？　三人に受けいれてもらった記念日に、そんな仕打ちをされるんですか？

神さま、あなたは鬼《おに》ですか？

「賢明《けんめい》な先生ならおわかりかと思いますが、近親相姦《そうかん》って言うんですよ、それ」

「いやいやいやいや！　愛し合ってるとかまさぐってるとか、それは全部リリスが勝手に言ってる捏造《ねつぞう》された事実であってですね！」

「あら？　ひどいことを言うのね、ジョゼフくん」

右手を高速で振りながら必死の思いで弁解していると、コートの左袖《ひだりそで》が引っ張られた。

顔を向けると、リリスが上目遣いで頬を膨《ふく》らませていた。大人びた彼女にしては珍しい、幼い仕草だ。

「わたしの胸に頬ずりしてたのは誰《だれ》かしら？」

「へぁっ！　いいいいまそれを言いますか⁉」

「どういうことです、先生？　詳《くわ》しく聞かせてもらえますか？」

「怖《こわ》い怖い怖い怖い！　千夜、なんで箸《はし》を逆手に持ってんの⁉　なんでアイスピックみたいにして振りかざしてんの⁉」

「それに――」

リリスが俺《おれ》の胸に『の』の字を描《えが》きながら、俺にしか見えない角度で確信犯の笑みを浮かべる。

「ジョゼフくんはわたしを奥さんにしてくれるのでしょう？」

ピキッ
場の空気が凍《こお》る音がたしかに聞こえた。

「……先生？」

「さ、流石に、それは……」

「うん。ボクたちも聞きたいなー」

三人の教え子が貼《は》りつけたような笑みを浮かべる。

重力が倍加したような圧力を感じながら、あまりの理不尽《りふじん》さに俺は絶叫《ぜっきょう》した。

「冤罪《えんざい》だぁあああああああああああああああああっ‼」

✡　✡　✡

帰宅した俺は、ダイニングテーブルに突《つ》っ伏《ぷ》していた。

「疲《つか》れた……リリスのせいでひどい目に遭《あ》った……」

「あら？　わたしは事実をちょっと脚色《きゃくしょく》しただけよ？」

「脚色する必要がどこに？　そもそも、奥さんになりたいとは言われたけど、承諾《しょうだく》した覚えはないぞ？」

「ジョゼフくんは従者を手に入れると決めた。魔帝になることを選んだ。それって、わたしを奥さんにする意思があるってことよね？」

「こじつけ甚《はなは》だしい……」

キッチンに立つリリスに反省している様子は一切ない。私服に着替《きが》えた俺の文句をニコニコと聞き流していた。

俺とリリスがもめている原因。それはもちろん、昼食時にリリスが放った『わたしを奥さんにしてくれる』発言のせいだ。

リリスが余計なことを口にしたせいで、俺は千夜・レイア・円香から尋問《じんもん》じみた追及を受けた。

午後の授業開始を知らせるチャイムが鳴らなければ、そのまま刑《けい》が執行《しっこう》されていたかもしれない。思い出すだけでおぞましい体験だった。

「せっかく打ち解けられたと思ってたのに……これじゃあ、台無しだ」

「ふふふっ、でも、おかげであの子たちの気持ちがわかったでしょう？」

夕飯の準備をしていたリリスは、調理の手を止めて優雅《ゆうが》な微笑みを浮かべた。

俺は机に突っ伏したまま、顔だけをリリスに向ける。

「ああ。どん底まで信用が落ちただろうな」

死んだ目をした俺の答えを聞いて、リリスはキョトンとした。

「──本当にそう思うの？　ジョゼフくんは」

「本当もなにも、どう考えたってそうだろ？　俺を問《と》い詰《つ》めてるとき、千夜もレイアも円香も、サイコパスみたいな目をしてたじゃないか」

恨《うら》めしげに話す俺に、リリスはなぜか大きな溜《た》め息《いき》をついて肩《かた》をすくめた。

「ジョゼフくんは鈍《にぶ》すぎるわね」

「は？」

「これでリリムの子どもなの？　ここまで女の子の気持ちに鈍感《どんかん》になれるなんて、逆に尊敬してしまいそうね」

「どうして俺はいきなりディスられているのかな？」

わけがわからない。俺は口角をひくつかせながら無理矢理《むりやり》に笑顔を作る。

リリスはもう一度嘆息《たんそく》したあと、手のかかる子どもを見るような目をして、

「あの子たち、ジョゼフくんのことが気になっているのよ。もちろん、『好き』っていう意味でね？」

「…………はい？」

「特に千夜ちゃん。あの子は完全に恋《こい》してるわね」

「は、はあっ⁉」

思わず俺は、ガタッと椅子を鳴らして立ち上がる。

「三人とも俺が好き？　千夜が俺に恋してる⁉」

「どうして気付けないのかしら？　あんなにあからさまなのに」

「い、いや、だって千夜は、俺に対していつもトゲトゲしいし……」

「素直になれないのよ。好きな子についついイジワルしちゃう男の子っているでしょう？　千夜ちゃんも同じ、ツンデレなのよ」

「じゃ、じゃあ、レイアと円香は？　俺とリリスの仲を追及してるときの顔、鬼気《きき》迫《せま》ってたけど……」

「好きなひとがほかの女性と仲良くしているのよ？　嫉妬《しっと》して当然でしょう？」

俺は口をポカンと開けて立ち尽くす。

「これはもう、あの子たちを従者候補にするのは決まりね。きっとジョゼフくんとシてくれるわ？」

ニコニコと楽しげにリリスが告げる。

「そうか……千夜もレイアも円香も、俺のことが好きなのか……」

だとしたら、これ以上に嬉しいことはない。

いずれ劣《おと》らぬ美少女三人。俺にはもったいないくらいステキな女の子。彼女《かのじょ》たちと付き合えるなら、エッチできるなら、どんなに幸せだろう？

――でも、

「やっぱり迷うの？」

黙ったままの俺に、リリスが優しく声をかけた。宝物のオモチャをなくしてしまった我《わ》が子を慰《なぐさ》めるかのように。

「あの子たちは間違《まちが》いなく『ジョゼフ・グランディエ』が好きよ？　あ、な、た、の特、性、と、は、無、関、係、に、ね」

俺は否定も肯定《こうてい》もできない。

項垂《うなだ》れるように呟《つぶや》いた。

「ああ……そう、願いたいな」

✡　✡　✡

「昨日は黒魔術の基本法則について知ってもらった。今日はその応用編として、黒魔術の代表格——『呪い』と法則の関係について学んでいこう」

今日も俺は教壇に立ち、二年E組の生徒たちに向けて授業を行っていた。

生徒たちの態度は昨日からがらりと変わっている。俺の説明を傾聴《けいちょう》して、真摯《しんし》に学ぶ姿勢を見せていた。

「昨日の授業で、俺は丑の刻参りを例として挙げた。けれど、西洋にも似た呪いが存在するんだ。蝋人形《ろうにんぎょう》の黒魔術――わら人形を用いる丑の刻参りと似ているだろう？　これもまた類似の法則に基づいている。蝋人形を呪う相手に見立てることで、相手に害を及《およ》ぼすことができるんだ。

感染の法則に基づいた呪いも当然存在する。たとえば、相手を傷付けた武器を火で炙《あぶ》ることで、その相手の傷を悪化させる黒魔術。ほかにも足跡《あしあと》を用いた呪いなどがある。呪いたい相手が残した足跡を傷付けることで、その相手の足を痛めつけることができるんだ」

生徒たちは神妙な顔つきで俺の話を聞いている。黒魔術の真価、その恐ろしさに驚愕《きょうがく》しているようだった。

「このように、呪いと法則には密接な関係がある。けれど、黒魔術の基本法則は必ずしも悪用されるとは限らない。先ほど武器を火で炙る呪いを紹介したけれど、この際に武器を炙るのではなく油を塗《ぬ》って手入れすると、傷の治りを促進することができるんだ。これはもはや黒魔術ではない。人に恩恵《おんけい》を与《あた》える魔術――『白魔術』と考えるべきだろう。極論、黒魔術と白魔術の違いは紙一重《かみひとえ》ということだ」

「先生」

俺の解説が一段落ついたとき、ス、と挙手する生徒がいた。俺は彼女の声を聞いて、身を強《こわ》ばらせてしまう。

「黒魔術と白魔術の違いは紙一重と仰いましたが、基本法則を用いて呪いの効果を軽減することはできないのでしょうか?」

教室の後方。俺から見て左側の席にいる千夜が、真剣《しんけん》な眼差《まなざ》しを俺に向けていた。

俺は動揺《どうよう》を悟《さと》られないよう、平常心を意識しながら答える。

「あ、ああ。その場合は呪いの種類を見極《みきわ》める必要がある」

「呪いの種類、ですか?」

「蝋人形の黒魔術の場合は、呪いに用いられた蝋人形を見つける必要がある。人形が傷付けられているのだから、その人形自体をなんとかしないといけない。そもそも、黒魔術に使用される道具というのは多種多様で、たとえば――」

俺はチョークを手に取り、黒板に例を書き連ねていく。そうすることで、千夜の視線から逃《のが》れたんだ。

俺はふぅ、と溜め息をついた。

このままじゃいけない。千夜とレイアと円香の好意を知った以上、ちゃんと向き合わないといけない。

それなのに迷っているのは、俺が母さんから受け継いだ特性のせいだ。

俺の母さん――リリムは《好色》の悪魔で、その特性は《魅了《みりよう》》だ。母さんは周りの異性を引き寄せ、無条件で好意を抱《いだ》かせてしまう悪魔だった。

母さんほどではないが、俺も《魅了》の力を持っている。

ずっと俺を危険視していた魔女学の生徒たちが、千夜たちを助けたと知って一八〇度態度を変えたのも、《魅了》の影響《えいきょう》だ。俺に対する悪感情が薄《うす》れたことで《魅了》の効果が発揮され、俺を魅力的《みりよくてき》な男性だと感じるようになったんだ。

過去に、俺に好意を抱いてくれた女性と仲良くなったところ、《魅了》の影響が切れたのか、急に怯《おび》えられたことがあった。

得体の知れない怪物《かいぶつ》に向けるような表情を、俺はいまでも忘れられない。

そんな経験があるからこそ、俺は迷ってしまう、疑ってしまう。

千夜もレイアも円香も、俺のことが好きらしい。

けど、それは『ジョゼフ・グランディエ』が好きなのか？　それとも、《魅了》の影響を受けているだけなのか？

《魅了》の影響だとしたら、俺は彼女たちを従者にするわけにはいかない。なぜなら、そこには《愛》がないからだ。

愛のない交際も、愛のないセックスも、絶対にやってはいけない。

そんなことをすれば、俺は母さんを犯したあの男と同じになってしまう。俺はあんな最低のクズにはなりたくない。

三人の好意が『ジョゼフ・グランディエ』に向けられていないなら、俺は応《こた》えられないんだ。

走らせていたチョークを一旦止めて、俺はもう一度嘆息した。

まったくもって情けない。彼女が欲《ほ》しいとか童貞《どうてい》を卒業したいとか言いながら、いざとなったら怖《お》じ気《け》づいてしまう。相手の本心がわからないから、あと一歩が踏み出せない。

こんなふうにためらってばかりだから、この歳《とし》まで童貞こじらせていたんだよなあ。

なら今回も同じか？　迷って悩《なや》んでためらって、結局諦《あきら》めるのか？

――そんなこと、できるわけないよなあ。

俺は止めていたチョークを再び走らせる。

諦めたくない。

ほとんどの生徒に嫌《きら》われていた俺を心配して、仲良くしてくれたレイア。

違法魔術師《いほうまじゅつし》の標的にされながら、それでも俺の身を案じてくれた千夜。

臆病《おくびょう》なのに、みんなの前で俺が危険人物じゃないと訴えてくれた円香《まどか》。

彼女たちが本当に俺を好きでいてくれたなら、そんなにも嬉しいことはないんだから。

✡　✡　✡

「ふぅ……」

授業後、俺は黒板消しで、大量に書き連ねられた『呪《のろ》いの例』を拭《ふ》き取っていた。

三人のことを諦めないと決めた以上、いままでと同じ態度ではいられない。

俺が恐れているのは、三人の好意が《魅了》の影響である可能性だ。しかし、その真偽《しんぎ》を確かめる術《すべ》はない。

どうすれば俺の迷いは晴れるだろうか？

俺はまぶたを伏せて深呼吸し、決意を固める。

行動に移そう。こちらからもアプローチしてみよう。

俺がためらっている原因は、《魅了》による好意には《愛》がないからだ。

ならば、本物の《愛》で上書きすればいい。積極的にアプローチして、「このひとはわたしのことが好きなんじゃないか？」と思ってもらえばいい。

いままでは好きになってくれるのを待っているばかりだった。それでは恋なんてはじまるわけがないんだ。

俺は変わってみせる。恋人《こいびと》を手に入れてみせる。

まぶたを上げ、俺は力強く頷いた。

「ジョゼフ先生」

「ほわぁあああああああっ⁉」

直後、すぐ隣から千夜に声をかけられて、心臓が飛び出しそうになった。俺の手から黒板消しがこぼれ落ちる。

「ど、どうしたんですか先生？　いきなり大声出して」

「いいいいや、なんでもないぞ⁉　ちょっと一世一代の決心をしたところで、まさかご本人登場なんて想像だにしなかっただけであって！」

「……相変わらず先生は変なひとですね」

呆《あき》れたように嘆息する千夜の側には、円香の姿もあった。

「せ、先生！　あの、たくさんの例を挙げていただいて、その、あ、ありがとうございますっ！」

「い、いや、勉強になったならよかったよ」

俺の取り乱す様子を気にも留《と》めず、円香はペコッと頭を下げる。

円香には変人だと思われなかったらしい。俺は安堵《あんど》しながら苦笑《くしょう》を浮《う》かべた。

そんな俺に、千夜がズイッと顔を近付ける。真剣そのものな眼差しに、俺の心臓が音を立てた。

「先生。わたし、先生にお願いしたいことがあるんです」

「な、なんだ？　俺にできることなら喜んで引き受けるぞ？」

俺が逃《に》げるようにのけ反ると、千夜は背伸《せの》びまでして顔を近付ける。


「先生のお宅にお邪魔《じゃま》させていただけないでしょうか？」


千夜のお願いに俺は絶句した。

俺のことが好きらしい千夜が自宅にお邪魔？　そんなの急展開すぎません？　マジで千夜はそういう関係になりたいの？

妄想《もうそう》が加速し、全身が火照《ほて》りだす。

「な、なんで顔を赤くしているんですかっ⁉　先生はなにを想像しているんです⁉」

なにも言えずに口をパクパクさせる俺に、千夜が眉をつり上げながらまくし立てた。

「変な意味はないんですからね！　た、たしかに誤解されてもおかしくないですし、先生がどんなお宅で過ごされているのか気にはなりますけど……い、いまのなしです！　と、とにかく先生のことなんてなんとも思ってないんです！　わたしと円香は、もっと先生から勉強を教わりたいだけなんですっ！」

「そ、そっか！　そうだよな！　変な勘違《かんちが》いしてすまないっ！」

ハッとして両手を合わせると、「そんなに必死に謝《あやま》らなくてもいいのに……」と千夜が口をもごもごさせた。

「わ、わたしと千夜さまは、その、今日教えていただいたことを、も、もっと詳しく知りたいんです」

「呪いについてか？」

「は、はい！　その……呪いを軽減したり、解いたりするには、ど、どうしたらいいのかなぁ……って」

「なるほど。素晴《すば》らしい質問だ」

そういえば、授業中に千夜が尋ねてきたことも『呪いを軽減する方法』についてだった。いい傾向《けいこう》だ。俺が黒魔術師《くろまじゅつし》として教鞭《きょうべん》を執《と》っているのは、黒魔術の使い方を教えるというよりは、黒魔術から身を守る術を身につけてもらいたいからだ。呪いの解決法に興味を持ってくれることは、俺の思いが届いたようで嬉しい。

「んぅ？　千夜ちゃんと円香ちゃん、先生のお家《うち》に行くの？　ボクもいい？」

俺たちの話を聞いていたらしいレイアがひょっこり顔を出し、瞳《ひとみ》をキラキラさせながら参加を希望する。

三人が自宅を訪ねるという状況《じょうきょう》に鼓動《こどう》が速まる。それが期待か緊張《きんちょう》か、はたまた両方なのかはわからない。

だが、三人に好意を示すと決めた以上、断るなんてもってのほかだ。

「わかった。それじゃあ、今週の日曜でどうだろう？」

これはアプローチするチャンスだ。そう考え、俺は三人の願いを受けいれた。

第三章　魔王の自宅で特別レッスン

「わぁーっ」

「こ、ここが、先生の、お部屋……」

「お、思ったよりちゃんとしていますね」

迎《むか》えた日曜日の昼過ぎ。俺の部屋に三人の教え子がお邪魔していた。

二階にある、白い壁紙《かべがみ》を持った十二畳《じょう》の洋間。ダークブラウンで統一された家具は、木目の床《ゆか》と合わせてリリスがチョイスしたものだ。

えんじ色のカーペット。格子《こうし》窓《まど》の際にはベッド。その左隣《ひだりどなり》にはデスクトップ型パソコンが置かれた机。対面にはクローゼットとアンティーク調のキャビネットがあり、ドア付近には二台の本棚《ほんだな》が設けられている。

そんな俺の部屋で、彼女たちは三者三様の反応を見せていた。

星を鏤《ちりば》めたように瞳を輝《かがや》かせ、いっぱいに見開くレイア。

スンスンと部屋の匂《にお》いを嗅《か》いで顔を赤くさせる円香《まどか》。

髪をイジりながらキョロキョロと忙《せわ》しなく視線を巡《めぐ》らせる千夜《ちよ》。

三人の好意を知ったいま、その反応が俺の部屋を訪《おとず》れたことに対する嬉《うれ》しさを表しているのは、鈍い俺でも一目瞭然《いちもくりようぜん》だ。

可愛《かわい》くて仕方がない。胸の芯《しん》が疼《うず》くような愛《いと》しさを感じる。

しかも俺の目の前にいる教え子たちは、北城《ほくじよう》の制服ではなく私服を着ている。いつもとは違う格好が新鮮《しんせん》で感動すら覚えた。

いままではただときめいているだけだったけど、積極的にアプローチすると決めたからにはそれではダメだ。

女性は身につけている服やアクセサリーを褒《ほ》めると喜ぶと聞く（ネット調べ）。なら、俺のとるべき行動はひとつだ。気付かれないように深呼吸して、緊張と鼓動を鎮める。

「さ、三人ともステキな格好をしているな。それぞれ個性があってスゴく似合っているよ」

「「「ほえ？」」」

手に汗を滲《にじ》ませつつ言うと、教え子たちは振《ふ》り返り、キョトンとした表情を見せた。

「レイアは青のホットパンツに黒いロゴ入りのトレーナー。ボーイッシュでカッコいいけれど、しましまのニーソックスが可愛らしいな」

「え、えへへ……そう？　なんだか照れちゃうなぁ」

「円香はフワッと可憐《かれん》な感じだな。ピンク色のニットとミントグリーンのフレアスカートがまるで妖精《ようせい》みたいだ」

「よ、妖精みたいなんて……嬉しい、です」

レイアが左右の指を合わせてモジモジさせ、円香がうつむいて体を左右に揺《ゆ》らす。

ふたりの顔は桃色《ももいろ》に色付き、頬《ほお》をふにゃりとゆるませていた。

勇気を出してよかった。こんなにも愛らしい姿を見せてくれるなんて、感涙《かんるい》ものだ。

「せ、先生、わたしはどうなんですか？　別に先生の意見なんてどうでもいいですけど、今後の参考になるかもしれませんからね、聞いて無駄《むだ》なことはないでしょう。断じて気になるわけではないですけどね」

レイアと円香を横目でチラチラうかがいながら、意味もなく毛先をクルクルと指に巻きつける千夜。

明らかにうらやましがっている。なんていうかもう、クッソ可愛い。

「千夜はスミレ色のカットソーに赤いミニスカートで……ちょっと意外だ」

「い、意外ってなんですか？　似合ってないとでも言いたいんですか？」

千夜がプクゥッと頬をむくれさせる。期待していた言葉が返ってこなくて拗《す》ねているんだろう。

ただ、俺が口にした『意外』とは悪い意味ではない。

「いや、千夜って優等生だから、かっちりして落ち着いた装いをしていると思い込んでいたんだ。だから、こういう大胆《だいたん》なコーディネートするとは思ってなくてな」

スミレ色のカットソーは胸元《むなもと》がザックリ開いていて、赤いミニスカートの裾《すそ》は短く、真っ白な太股《ふともも》が惜《お》しげもなくさらされていた。スラリとした美脚《びきゃく》が眩《まぶ》しく、魅力溢《みりょくあふ》れる胸元はなんとも悩ましい。

似合ってないなんて口が裂《さ》けても言えない。こんなにキレイな女の子、モデルとかアイドルとか別世界の住人だと思っていた。道ですれ違ったら、きっと誰もが振り返るだろう。

「これ以上ないくらいステキだし、正直、目を奪《うば》われそうだ」

「そそそうですか！　ま、まったく、先生は俗《ぞく》っぽいひとですね！」

素っ気ない口ぶりだが、そっぽを向いた頬がピクピクしていて、ニヤけそうになるのを堪《こら》えているのが丸分かりだった。

服を褒める作戦大成功じゃね？　俺までニヤけそうになるんだけど⁉

「もしかして、俺の家にお邪魔するから気合い入れてくれたとか、そんなことあったりする？」

「ふにゃっ⁉」

有頂天《うちようてん》になった俺が訊《き》くと、千夜はネコみたいに鳴いてまなじりをつり上げた。

「ななないにゃにを言ってるんでしゅかっ⁉　そんなわけにゃいじゃないですか！　どうして先生のために頑張《がんば》らないといけないんでしゅかっ⁉　自惚《うぬぼ》れにゃいでくださいっ！」

「そそそっか！　なんかゴメン！」

ぐうっ、調子に乗りすぎたか！　せっかくポイント稼《かせ》いだのに不機嫌にさせてしまったみたいだ。女心は難しいな。

「あの……ち、千夜さまは、もっと素直《すなお》になられたほうが……」

「にゃっ、にゃんのことかしら、円香っ⁉　わ、わたっ、わたしは嬉しくもなんともないにょよっ⁉」

がっくりと項垂れる俺の前で、円香と千夜がポソポソと囁《ささや》きを交《か》わしていた。

「あれ？　先生って『チャンプ』読んでるの？」

レイアに訊かれ、俺は顔を上げる。

振り返ると、彼女は本棚の前でかがみ込み、一番下の段に並ぶ漫画《まんが》雑誌——『週刊少年チャンプ』を眺《なが》めていた。

「えと……そ、それって、男の子が読む漫画雑誌ですよね？　い、意外と先生、子どもっぽいところがあるんですね」

くすっ、と円香が笑みを漏《も》らす。

「なにを言ってるんだ、円香？　チャンプはな？　すべての男の聖典《バイブル》なんだよ!!」

「ぴゃぅっ!?」

そんな円香に俺は力強く訴《うった》えた。

円香が愛くるしい声を上げてビクッと肩を震《ふる》わせるが、俺は構わずに続ける。こればかりは譲《ゆず》れない。

「チャンプは『努力・友情・勝利』の三大原則に基づいて数々の名作を生み出してきたんだ！　あの『ドラグーン・ボール』しかり『HARUTO』しかり。いまでもその理念は脈々と受け継《つ》がれ燦然《さんぜん》と輝いている！　その熱量はアクション作品だけにとどまらない。『SLAM DUNKER』や『白尾《しろお》のバスケ』などのスポーツ作品でも伝説を打ち立て続けているんだ!!」

俺は力説する。チャンプは雄《おす》の本能を駆《か》り立てる夢の漫画雑誌なんだと。

「そしてチャンプの三大原則は教育理念にも結びつく！　仲間と協力して上を目指し夢を勝ち取る——まさに教育のあるべき姿じゃないか！　チャンプは人類が生み出した偉大《いだい》なる書物なんだよ!!」

それに『超《ちょう》ＬＯＶＥる』や、『揺らぎそうな結奈《ゆいな》さん』みたいに上等なエロコメもあることだし。

「ふっ、甘《あま》い……甘いよ、先生」

「なにっ⁉」

そのとき、ニヒルな台詞《せりふ》とともにレイアが立ち上がった。

「男の子だけじゃない。チャンプは男の子だけのものじゃないんだよ。先生は知らないのかな？　『鬼鉄《きてつ》の刃《やいば》』や『ヘイキュー‼』は、女の子にも大人気だってことを」

「なっ⁉　レ、レイア……まさか、きみも……」

振り返ったレイアが不敵に、しかし爽《さわ》やかに笑った。

「まさかここで出会えるとは思ってもいなかったよ、先生。いや、あえてこう呼ばせてもらおう——同志《とも》よ」

「レイア……俺は、きみと出会えたことを誇《ほこ》りに思う」

そして俺とレイアはどちらからともなく手を差し出し、ガッチリと握手《あくしゅ》する。いま、間違《ちが》いなく俺とレイアの心は繋《つな》がった。

学院長に続く、ふたり目の同志《とも》との出会いだった。

「ち、千夜さま？　おふたりとも、その、ど、どうされたのでしょう？」

「放っておきましょう？　わたしたちには理解できない世界があるのよ、きっと」

千夜の呆れた声が聞こえるが、気にしない。

「それより、わたしには確かめなくてはならないことがあるのよ」

「ち、千夜さま？　い、いいのでしょうか？」

「これは先生のためでもあるの。わたしは生徒の代表としてどうしても視察しないといけないのよ」

俺とレイアが互《たが》いに凛々《りり》しい笑みを向け合っていると、背後でガサゴソと音がした。

千夜と円香はなにをしているのだろう？

俺は振り返り……その光景を目の当《まあ》たりにして硬直《こうちょく》した。

「ち、千夜？　その……なにしてるんだ？」

「先生の部屋にいかがわしいものがないかチェックしているんです。男の人はベッドの下にそういったものを隠《かく》しているそうですね？　成人しているからといって、教師が持っていていいものではありません。見つけ次第没収《ぼっしゅう》します」

そう説明しながら、千夜は俺のベッドの下をのぞき込み、ぐぐっと手を伸《の》ばしている。

甘いぞ、千夜。いまはデジタルの時代なんだ。その手のオカズはすべて、俺のパソコンの『文献《ぶんけん》フォルダ』に収めてある。

って、いま問題なのはそこじゃねえっ！

「えっと……千夜ちゃん」

俺の背後から、レイアの苦笑混じりな声がする。

「なにかしら？　ごめんなさい、いま忙《いそが》しいの」

話しかけられた千夜は、レイアに断りを入れてさらに奥《おく》へと手を伸ばした。

その動きで自分のお尻《しり》が突き出されていることに、千夜はまったく気付いていない。

ミニスカートのままそんな格好をしているのだから、当然、先ほどからパンツは丸見えだ。

フリルで縁取《ふちど》られた、意外に可愛らしいピンク色のショーツが俺の視界にさらけ出されている。瑞々《みずみず》しいくらい滑《なめ》らかな尻肉は、ショーツに納まりきらないほどムチムチだ。

桃《もも》のような丸みを帯びた臀部《でんぶ》。その下、クロッチ部分に縦皺《たてじわ》が浮かんでいる。人体の構造上——女性の体においてそれがなんなのか、俺にはわかってしまった。

千夜は未《いま》だに自分の失態に気付いてないようで、お尻をフリフリと振りながら、なおもベッドの下を漁《あさ》り続けている。

鼻の奥から込み上げてくるものがあり、俺は咄嗟《とっさ》に手で覆《おお》った。視線はショーツに釘付《くぎづ》けのままだ。

「あのね、千夜ちゃん？　さっきから見えてるよ？　パンツ」

ついにレイアが指摘《してき》してしまう。俺は慌《あわ》てて顔をそらした。

「ふぇ？」

振り向いた千夜がキョトンとした呟きを漏らす。彼女は視線を外している俺を目にして、

「ひゃあっ⁉」と悲鳴を上げた。

それからバッとスカートを右手で押《お》さえながら、

「ちちち違うんですすっ！　そのっ、わ、わたし、いつもはこんなに短いスカートはかないんです！　慣れてないだけなんですっ！」

「わ、わかったから」

「本当にわかっていますか⁉　は、はしっ、はしたない子だって思ってませんかっ⁉」

「思ってない！　俺は千夜のことそんなふうに思ってないから！」

そう訴え、俺は千夜に背を向けた。

彼女が立ち上がる気配を感じながら、俺はふと尋《たず》ねる。

「なあ、千夜？　慣れてないなら、なんで今日に限ってミニスカートなんてはいてきたんだ？」

「う、うううううう～～～……」

尋ねると千夜が威嚇《いかく》する仔犬《こいぬ》みたいに唸《うな》る。

これ以上機嫌《きげん》を損《そこ》ねては大変だと思い、俺《おれ》は追及をやめた。

✡　✡　✡

一騒動《ひとそうどう》あったのち、俺は廊下《ろうか》の奥にある物置からテーブルを引っ張り出してきた。

そのテーブルを四人で囲み、勉強会は進んでいく。

「影《かげ》を用いた魔術は、影が生命的な部分だから成立する魔術だ。ようするに影の本体に干《かん》渉《しょう》する魔術で、都合上、呪いに応用することもできる。たとえばギリシャには、相手の影の寸法をメモした紙を用いる黒魔術がある。そのメモを生贄《いけにえ》にすることで、相手を呪殺するものだ」

「か、影を用いた魔術って……わ、わたしを止めた、ものですか？」

「その通り。あのときは魔力《まりょく》を帯びた釘《くぎ》できみの影を縫《ぬ》いつけたんだが、逆説的に言えば、釘さえ抜《ぬ》けば自由になれるってことだ」

「ということは、ギリシャの黒魔術の場合、生贄となるメモをなんとかすればいいんですね、先生？」

「ああ。多くの場合、メモは建造物の土台の下敷《したじ》きになっている。人柱みたいなものだ。

だからそのメモを見付ければ、呪いを解除することができる」

「ねえ、先生？　ほかにはどんな解決法があるの？　この前の授業で呪う方法がいっぱいあるっていうのはわかったんだけど……」

「たとえば霊魂《れいこん》の捕縛《ほばく》術なら、霊魂が閉じ込められている容器を見付け出すことだ。呪物を用いられた場合も基本的な部分は変わらない。影の黒魔術と同じで、原因の究明が大切なんだ」

「『誰《だれ》』が『なに』を『どこ』で『どうやって』いるのか――それを突《つ》き止《と》めるということですね？」

「そうだ。呪いを解く場合、原因を特定して取り除くのが一番の解決法だ」

「だとしたら、そう簡単に『呪詛《じゆそ》返し』できないのですね……」

三人とも意気込みが相当なもので、次から次へと質問をしてくる。

特に千夜は真剣そのものだった。いまも、まるで当事者になったような表情で思慮《しりよ》にふけっている。

だが、その熱心さは切羽《せつぱ》詰《つ》まっているようにも見えた。どことなく危なっかしい感じがして、千夜のことが心配になってくる。

「大分時間が経《た》ったな。一旦休憩《いったんきゆうけい》をはさもう」

「待って、先生！　まだ聞きたいことがあるんです！」

「けど、疲《つか》れると頭が働かなくなるだろ？　一休みしたあとでもいいんじゃないか？」

「そ、そうですね……すみません」

俺が苦笑しながら諭《さと》すと、千夜はシュンとうつむいてしまった。ひどく落ち込んでいるような千夜に、俺は問いかける。

「もしかして、円香が狐《きつね》憑きに遭《あ》ったのを気にしてるのか？」

「あ、その……」

「あれを仕組んだのは相当な手練《てだ》れだ。俺を含《ふく》めた教師陣《きょうしじん》も気付けなかったんだ、きみが落ち込むことはない」

「け、けどっ！　わたしはいまのままじゃいけないんですっ!!」

バッと顔を跳《は》ね上げる千夜。その表情には悲愴《ひそうかん》感すら漂《ただよ》っている。

その並々ならぬ様子を怪訝《けげん》に思い、俺は眉《まゆ》をひそめた。

「どうしたんだ、千夜？　なにか心配なことでもあるのか？　俺でよかったら相談に乗るぞ？」

尋ねると、千夜の肩《かた》がビクッと震えた。

「あ、あの……先生」

「いいわ、円香」

「千夜さま……」

「先生とレイアさんになら、話しても大丈夫《だいじょうぶ》よ」

口をはさんできた円香を優《やさ》しく止めて、千夜が語りはじめる。

「わたしと円香は、『いざなぎ流』という呪術《じゅじゅつ》コミュニティーの一員なんです」

「いざなぎ流？」

「陰陽道《おんようどう》・修験道《しゅげんどう》・神道《しんとう》といった中世の呪法。神霊《しんれい》を祀《まつ》り、神霊を鎮《しず》め、神霊を使役《しえき》する――そんな術を操《あやつ》る者たちの集まりです」

「わ、わたしたちは、少数の一族の集まりでして……えと、ひとつの村で、暮らしていました」

「いざなぎ流は、違法魔術師の被害者《ひがいしゃ》の救済を生業《なりわい》としていますが、普段《ふだん》は村のなかで静かに過ごしています」

「じゃあ、ふたりはどうして魔女学《まじょがく》に入学したんだ？　魔術を習うなら、その村でもできるんじゃないか？」

問うと、ふたりの表情が目に見えて曇《くも》った。

「わたしの家族が、呪われたから」

千夜の告白に俺は瞠目《どうもく》する。

沈痛《ちんつう》な表情で千夜が続けた。

「ある日突然《とつぜん》、おじいさまが倒《たお》れられて……それから立て続けにおばあさま、父さま、母さまと意識を失いました」

「い、いまは、その……いざなぎ流の祈祷師《きとうし》の方々が、呪いを解こうとしてくれています。けど……その、ま、まだ、よくならない、ようでして」

「家の者で無事なのはわたしだけ。おじいさまたちはずっと眠《ねむ》ったままなんです」

千夜がまぶたを伏《ふ》せ、わずかにうつむく。

「もしかしたら、物部《もののべ》家そのものが狙《ねら》われているのかもしれない——そう考えたいざなぎ流の皆《みな》さんは、わたしに魔女学に避難《ひなん》するよう指示したんです。円香は、そんなわたしについてきてくれました」

「な、中尾《なかお》家は代々、物部家の方々に、あの、お仕えさせていただいてますので……その、わたしは千夜さまの、幼なじみでもありますから」

「わたしはなんとか呪いから逃れられました。けれど、なにもしないでいるなんて耐《た》えられない。わたしと円香は、わたしの家族に掛《か》けられた呪いを解きたい——その方法を魔女学で探しているんです」

「千夜ちゃん……そうだったんだ」

レイアが悲しげに眉根《まゆね》を寄せた。

俺は理解した。

魔女学で、千夜はほかの生徒とのあいだに壁《かべ》を作っている。その原因は彼女《かのじょ》の境遇《きょうぐう》にあったんだ。

自分の家族に呪いを掛けられているから、千夜は迂闊《うかつ》に人付き合いするわけにはいかなかったんだ。

もしかしたら呪いを掛けた相手が近くにいるんじゃないか。誰かと仲良くなったら、その生徒も巻き込んでしまうんじゃないか——そんな考えに囚《とら》われて、千夜はずっと気を張っていたんだろう。俺を疑っていたのも、それが一因かもしれない。

シン、と室内が静まり返る。

「——なるほど。わかった」

俺はふたりの話を聞いて頷《うなず》いた。千夜が呪いの解決法を懸命《けんめい》に学ぼうとしていたのは、家族を助けたかったからなんだ。

だったら、俺がやることはひとつ。

「千夜、きみが住んでいた村につれていってくれないか？」

「……え?」

千夜が目を丸くする。

こんな話を聞いて黙《だま》っているなんてできやしない。いますぐに行動を起こすべきだ。

「呪いを解くにはご家族の状態を確認《かくにん》するのが先決だ。さっき説明したとおり、まず必要なのは原因究明。まずはそこからはじめよう」

「せ、先生っ⁉　もしかしていまからですかっ⁉」

「急いだほうがいいだろ?」

「でも、いまから向かうには遠すぎますよ!　わたしたちの村は東京からかなり離《はな》れていますし……それに、先生にはお仕事があるじゃないですか!」

「たしかにそうだが……」

「先生にご迷惑《めいわく》は掛けられません。たしかにわたしはおじいさまたちを助けたい。けど、先生まで巻き込んでしまったら……わたしは……」

千夜はずっと周りに気を遣《つか》っていた。誰も巻き込みたくない、自分の家族のような被害者を出したくないと。

俺に対しても同じなんだろう。千夜は、俺を心配してくれている。

それを踏《ふ》まえたうえで俺は伝える。

「俺は迷惑だなんて思わない」

「でも！　先生まで呪われてしまうかもしれないんですよ⁉」

「たとえそうだとしても、俺はきみを助けたい」

はっきりと告げて、俺は千夜を見つめた。ふたつの黒真珠《くろしんじゅ》が見開かれ、迷うように揺れ動く。

「今日が無理なら次の休みでも構わない。俺をつれていってくれないか？」

「どうして……先生はそこまで、優しくしてくれるんですか？」

かすかに涙《なみだ》を浮かべ、千夜が掠《かす》れた声で訊いてきた。

「俺が、違法魔術師の被害者をなくすために教師になったからだよ」

千夜を元気づけるよう、俺は微笑《ほほえ》む。

「以前俺は、母さんを失ってリリスに育ててもらったと話したね」

千夜が頷く。

「母さんは殺されたんだ——俺の父親に」

まぶたを伏せて告白すると、千夜だけじゃなくレイアと円香も息をのんだ。

「あの男は裏社会でもトップクラスの違法魔術師で、自分の子どもにより強大な力を与《あた》えようと企《たくら》んだらしい。そこで狙われたのが、リリスとともに人間界を訪れていた、魔帝《まてい》の血筋に連なる悪魔《あくま》——俺の母さんであるリリムだった」

あの男に奪われた、母さんの穏《おだ》やかな笑《え》みを思い出し、俺は唇《くちびる》をグッと噛《か》んだ。

「俺の未来を案じた母さんは、俺をつれて逃げ出した。けれど、あの男に追い詰《つ》められて殺されたんだ。リリスが助けてくれなかったら、俺もどうなっていたかわからない」

だからこそ俺は望む。違法魔術師の魔の手から、罪のない人々を守りたい。

まぶたを上げて、俺は自分の左目の縁《ふち》を指でなぞった。紫色《むらさきいろ》の瞳は母さんから受け継いだものだ。

「俺や母さんのような被害者は、出てはいけないんだ。だから俺は、リリスから黒魔術に関する知識を教わり力を付けた。俺は悪魔である母さんから、黒魔術に関する才能を受け継いでいたから」

けれど、

「俺ひとりで救えるひとはどれだけだろう？　いくら俺に力があろうと、手が届く距離《きょり》は限られている。それじゃあ俺は満足できないんだ。救って救って救って、世界から被害者がなくなるまで救いたい」

実際問題、俺の願いは夢物語だ。世界中の人々を救うなんてどう考えても不可能なんだから。

俺ひとりで成《な》し遂《と》げられるわけがない。でも、ひとりじゃなかったら？

「俺が教師を目指したのは、俺の学んだことを伝えるためだ。黒魔術から身を守る術を知ってもらい、違法魔術師《いほうまじゅつし》を倒す手段を教える。俺が知識を授《さず》ければ、教え子たちを救うことができる。教え子たちは、俺には救えなかった人々を救ってくれるかもしれない。俺が教師を続ける限り、救われる人々は増えていく」

真向かいに座《すわ》る千夜を、俺は真剣《しんけん》な眼差《まなざ》しで見つめた。

「俺はひとりでも多くのひとを救いたい。もちろんきみもだ、千夜」

瞳を涙で滲ませた千夜の手を取る。大切な教え子の右手を、慈《いつく》しむように包み込む。

「俺はなにがあっても、絶対にきみを助ける」

「先生……」

千夜の頬を涙が伝った。

「千夜の優しさは十分伝わったけど、俺を巻きこんでしまうなんて思わなくてもいいんだ。俺が、千夜を助けたいんだから」

「でも……わたしには、先生にしてあげられることなんてないんですよ？」

それでも千夜は、申し訳なさそうに目をそらした。一方的に助けてもらうことに負い目を感じているらしい。

俺は見返りなんて求めていない。たとえ千夜になにもできなくても、見捨てるなんてありえない。損得抜きで俺は千夜を助けたいんだ。

俺は、千夜の先生なんだから。

「ふふっ、ジョゼフくんのこと、大切に思ってくれているのね」

俺が千夜への思いを口にしようとしたとき、リリスの声が割り込んできた。

振り返ると、トレイを片手に持ったリリスが俺の部屋に入ってくる。

「ごめんなさい。盗《ぬす》み聞きするつもりはなかったのだけれど、聞こえてしまったの」

謝っているわりに、リリスには悪びれる様子はない。

代わりにリリスは満足そうな笑みを俺たちに向けた。そこでようやく、千夜の手を取って見つめ合っている現状に気付く。

俺と千夜は、繋がれた手に視線を落とし、もう一度目と目を合わせた。

どこか気まずい感じがして、俺と千夜は同時に手を離す。千夜の頬には朱《しゅ》が差していて、俺の顔も火照っていた。

「お茶はいかが?」

「あ、い、いただきます」

リリスの持つトレイには四人分のティーカップが載《の》っていた。それを目にした円香が答え、三人はテーブルの上に広げていたノートや筆記道具を片付ける。

空いたスペースにティーカップを並べ、リリスは俺の右隣《みぎどなり》に腰《こし》をおろした。

室内にアッサム茶葉の芳醇《ほうじゅん》な香《かお》りが広がる。

「じゃ、じゃあ一服しようか、みんな」

「そ、そうですね」

「わたしも、い、いただきます、です」

「いただきまーす！」

空気を変えようと、俺は努めて明るく振る舞《ま》った。

未だにきまり悪そうな千夜、いつものようにオドオドした円香、能天気なまでに明るいレイアが、それぞれカップに手を伸ばす。

俺たちが紅茶を一口すすると、リリスが不意に問いかけてきた。

「ねえ、みんな？　ジョゼフくんのことは好き？」

「「ぶふっ⁉」」

いきなり投下された爆弾《ばくだん》に、俺と千夜が吹《ふ》き出した。

「いいいいきなりなにを仰《おつしや》るんですか⁉」

俺が唖然《あぜん》としていると、千夜が噛みつくようにリリスに詰め寄る。

俺も千夜と同じ気持ちだ。リリスは唐突《とうとつ》になんて質問をしているんだろう？　なにを考えているんだ？

「ジョゼフくんのこと、どう思ってるの？」

答えを促《うなが》すリリスに、レイアと円香も目を丸くしていた。

リリスは俺たちの驚《おどろ》きぶりを意にも介《かい》さず悠然《ゆうぜん》と微笑んでいる。

室内がシン、と静まり返った。

「あああの……その……わ、わた、わたし、は……その……す、好き、です……」

静寂《せいじゃく》を破ったのは円香だった。

彼女はうつむきながら、リンゴみたいな顔をして、聞こえるか聞こえないかのか細い声で言い切る。

「せ、先生は……その、狐憑きに陥《おちい》っていたわたしを、た、助けてくれました……から」

俺は円香の答えにポカンと口を開けた。円香の好意は知っていたけど、大人しい彼女が一番初めに告白するとは思ってもみなかった。

円香はチラリと俺の顔をうかがって、すぐにうつむく。

「ボ、ボクだって好きだよっ！　先生は魔女の子であるボクを認めてくれたんだから！」

続いてレイアも、顔を真っ赤にしながら明言する。クッと張られた薄《うす》い胸が、彼女の意気込みを表しているかのようだった。

「いいいきなり、なに、なっ、にゃにを言ってりゅのかしりゃっ⁉」

千夜は両手をわたわたと振りながら口をわななかせている。三人のなかでも一番赤い、火が出そうな顔をしながら。

「ふふふふっ、答えるの恥《は》ずかしい？　でもいいのかしら、千夜ちゃん？　円香ちゃんとレイアちゃんに先を越《こ》されちゃうわよ？」

「うっ……うぅぅぅぅぅぅぅぅ～～～～……っ」

リリスに挑発《ちょうはつ》された千夜は、唇を引き結び、涙目で俺をチラリと見上げる。

「き、嫌《きら》いではありません！　円香と同じように、わたしも先生に助けていただきましたからっ！」

言ったきり、千夜はプイッとそっぽを向いてしまった。

三人から無理矢理《むりやり》答えを引きだしたリリスは、あんぐりと口を開ける俺にウインクを寄こした。

リリスの唇が動く。

（ね？　『ジョゼフ・グランディィエ』は愛されているでしょう？）

そこまでされて俺はやっと気付いた。

俺は三人の好意が《魅了《みりょう》》によるものかどうか悩《なや》んでいた。

その原因は、俺が彼女たちの好意を得ようと動いてなかったから。好きになってくれるのを待っていたからだ。

なにもしてないのに、こんなに可憐な女の子たちが俺を好きになるはずがない。そう疑っていたからこそ、俺はためらっていた。

けれど、意識してなかっただけで、俺は彼女たちのために行動していたんだ。

狐憑きに陥り我を忘れていた円香を止めてあげた。

魔女の子であるレイアのコンプレックスを拭《ぬぐ》ってあげた。

違法魔術師に狙われた千夜を守ってあげた。

彼女たちには、俺を好きになる理由がちゃんとあった。リリスはそれを俺に教えようとしてくれたんだ。

ホント、リリスが味方でよかった。俺の人生で最大の幸運かもしれない。

俺が苦笑《くしょう》を向けると、リリスは少しだけ誇らしげに胸を張る。

ここまでアシストしてもらったんだ。今度は俺の番だよな。

「千夜、レイア、円香」

いまなら確信できる。千夜もレイアも円香も、《魅了》の影響《えいきょう》なんて受けてない。『ジョゼフ・グランディエ』が好きなんだと。

だから俺も伝えよう。

「きみたちに、聞いてほしい話があるんだ」

✡　✡　✡

「せ、先生が……ま、魔帝に、なる？」

「そのために、魔女学に従者を探しに？」

「じゅじゅじゅじゅ従者を得る方法が、女の子との……」


「「「――――エッチっ⁉」」」


円香とレイアと千夜の声が、重なった。

三人の驚きようを見ていると、如何《いか》に自分の目的が異常なものか思い知らされる。

魔女学の教師になった動機を俺は語った。

リリスが俺の奥さんになりたいと告白したこと。

そのために俺を魔帝にすると宣言したこと。

俺が魔帝になる手段。

従者に魔王《まおう》の力を降ろす方法。

俺が魔女学の生徒とセックスしようと考えていることまで、包《つつ》み隠さず打ち明けた。

俺の話を聞いた教え子たちは、一様に茹《ゆ》でダコ色の顔をしている。

俺は膝《ひざ》の上で震える手を握《にぎ》りしめ、しっかりと首肯《しゅこう》した。

「……先生？　だとしたら、先生はずっと、わたしたちを騙《だま》していたということですか？」

いまだに真っ赤な顔をしながら、千夜が眉をつり上げて、全身をわななかせながら訊いてきた。彼女の目はわずかに涙で濡《ぬ》れていて、恥ずかしさのなかに、憤《いきどお》りと困惑《こんわく》と悲しみがないまぜになっていることがわかる。

潤《うる》んだ瞳《ひとみ》に罪悪感を覚えつつ、俺は答える。

「隠しごとがあったのは否定しない。けど、俺が教師を目指したのは、さっき話したとおり『違法魔術師の被害者をなくしたいから』だ。生徒たちと恋仲《こいなか》になりたいとは思ったけど、傷つけるつもりは毛頭ない。命に代えてでも約束しよう」

「く、口ではなんとでも言えるじゃないですか！　先生はタラシのようですし、言葉巧《たく》みに生徒を籠絡《ろうらく》するのも簡単でしょう？」

リリスの発言の悪影響《あくえいきょう》！

すまし顔のリリスをジロリと見やり、俺はジト目をしている千夜に訴える。

「俺はタラシでもなんでもない！　むしろ女性には不慣れだ！」

「そんな見え透《す》いた嘘《うそ》をつかないでください！」

「ホントだって！　なにしろ俺は、いままで女性と交際したことすらないんだから！」

「ふぇ？」

思わずぶっちゃけると、千夜は目を丸くしてポカンと口を開けた。

千夜の視線がなぜかリリスのほうに向いた。リリスはニッコリ屈託《くったく》のない笑みを浮《う》かべる。

「ええ、ジョゼフくんは童貞《どうてい》よ？」

「どど童貞ちゃう……いや、童貞です！　童貞ですけど⁉」

やけくそ気味に叫《さけ》ぶと、千夜は浮かせていた腰をおろし、視線を斜《なな》め下に向けた。

「そ、それなら……まあ、信じてあげなくもないです」

「へ？　あ、いや、ありがとう」

意外だな、こんなにあっさり矛《ほこ》を収めてくれるとは。数時間は丁々発止《ちょうちょうはっし》のやり取りが続くだろうと覚悟《かくご》していたんだけど。

首をかしげる俺の前で、「そ、そっか……はじめてはまだなんだ」と千夜が頬《ほお》を染めてモジモジしていた。

「あああの、先生？　その、えと……な、なんでわたしたちに、打ち明けて、くれたんですか？」

恥ずかしそうにうつむきながら、チラチラとこちらをうかがう円香。

いよいよこの時がきた。

俺は乾《かわ》いた唇を舌で湿《しめ》らせ、口を開く。

「魔帝になるには従者を得ないといけないんだが、誰でもいいってわけじゃない。魔王の力を降ろすには《愛》が必要だからだ」

それに、

「俺自身、交際やセックスには《愛》が不可欠だと考えている。そこに《愛》がなければ、裁かれるべきだとすら思っている。なにしろ、俺の母さんは、あの男の欲望のために犯《おか》されたんだから」

《愛》のない、力のためのセックスをするくらいなら、俺は自ら命を絶つ。俺は断じて、力のために母さんを犯したあの男のようにはならない。

「先生？　それって、もしかして……」

レイアがなにかを期待するように、胸元《むなもと》でキュッと両手を握りしめ、俺を見ていた。

心臓が早鐘《はやがね》を打っている。いまにも目眩《めまい》を起こしてしまいそうだ。

俺は深く息を吸って、長く吐《は》く。

覚悟を決めろ、ジョゼフ・グランディエ。

「千夜、レイア、円香」

一世一代の大勝負だ。


「俺はきみたちが好きだ。俺の従者になってほしい」


千夜もレイアも円香も、顔どころじゃなく全身を赤く染め、目をいっぱいに開いた。

むにゃむにゃと口元に波を作ると、視線をソワソワと右往左往させる。

「魔王の力を降ろせば、従者の魔力は爆発的《ばくはってき》に増大する。この先、きみたちが危険な目に遭ったとき、魔王の力が頼《たよ》りになるかもしれない。俺はきみたちを守りたいんだ」

俺が付け加えるが、三人は言葉を発さない。

沈黙《ちんもく》が部屋を満たす。緊張《きんちょう》感に押し潰《つぶ》されそうだ。

「も、もちろん強要はしない。きみたちがイヤなら、諦《あきら》める」

沈黙に耐えきれず、うつむきながら俺はそう付け加えた。

無論、本心ではない。俺は千夜もレイアも円香も愛しているし、断られたらショックで三日は寝込《ねこ》むだろう。

だけど彼女たちが拒《こば》むなら、どんなに辛《つら》くても諦めようと思う。それが誠意というものだから。

「わ、わたしは……その、構い、ません」

か細い声が沈黙を破った。

俺は顔を跳ね上げる。

円香が指をモジモジと忙《せわ》しなく動かしながら、

「あの……ビ、ビックリしました、けど……えと、う、嬉《うれ》しい、です……こ、こんなわたしを、す、すすす、好きになって、くださって……」

伏せていた視線を上げ、ふわりと花咲《はなさ》くように微笑んだ。

「幸せ……です」

心臓を思いっ切り抱《だ》きしめられたような、甘《あま》い痛みが胸を打つ。

「ボボボボクも嬉しいよ！」

円香に対抗《たいこう》するように大きな声を出し、かすかに震《ふる》えながら、レイアが俺を見つめる。

「ボクは全然女っぽくないし、お、おっぱいも小《ち》っちゃいし、色気なんてこれっぽっちもないけど……」

スカイブルーの瞳を潤ませて、ニコッと快晴の空みたいに笑った。

「こんなボクでよければ、お願いします！」

ふたりの返事に目頭《めがしら》が熱くなる。

両想《りょうおも》いになるのって、こんなに嬉しいことだったのか。

体が燃えそうなほど熱いのに、まったく不快じゃない。

視界が滲《にじ》むのに自然と口角が上がり、泣きたいのか笑いたいのかわからなくなる。

体も心も制御《せいぎょ》不能。ただこれだけは断言できる。

いままで生きてきたなかで、この瞬間《しゅんかん》が一番幸せだと。

「ダメに決まってるじゃないですかぁぁ――――っ!!」

大音量の千夜の怒声《どせい》が、感動に泣き笑いする俺を襲《おそ》う。あまりの迫力《はくりょく》に吹き飛ばされるかと思った。

鬼《おに》みたいにまなじりをつり上げ、千夜が憤怒《ふんど》の形相で俺を睨《にら》む。肝《きも》が冷えるどころか凍《こお》りついた。

「先生は教師！　わたしたちは生徒！　教師と教え子の交際なんて言語道断！　辞職レベルの大事件ですよ⁉」

「い、いや、そこは学院長から許可されていて……」

「許可云々《うんぬん》の話じゃありません‼」

弁明する俺を、槍《やり》で貫《つらぬ》くように千夜が指差す。

「たとえ学院長が便宜《べんぎ》を図《はか》ってくださったとしても、交際がバレたら後ろ指をさされることになるんですよ⁉　困るのは先生だけじゃないんです！」

「た、たしかにそうだが……」

「それに先生のお話では、従者は八人必要とのことでしたね？　先生にとってはハーレムで気分がよろしいでしょうけど、わたしたちにとっては八股《また》されるということなんですよ？　相手の気持ちも少しは考えてください！」

反論の余地が微塵《みじん》もない、まっとうな意見だった。

千夜の言うとおりだ。俺は相手の気持ちを顧《かえり》みずに浮かれていた。

たとえ俺がよくても、千夜が、レイアが、円香が幸せになれないと、意味がない。

「ボ、ボクはそんなの気にしてないし……っ」

「わ、わたしは……先生と、お付き合いできるだけで……っ」

「ご不満があるのかしら？」

「「ぴぅっ!!」」

食い下がろうとしたふたりを、千夜は一睨みで黙らせる。

俺は肩を落として溜《た》め息《いき》をついた。

「悪い、千夜……軽率《けいそつ》だった……」

千夜が腕《うで》組《ぐ》みをしてプイッとそっぽを向く。

「……先生のバカっ」

✡　✡　✡

「もぉおおおおおおっ！　なんで千夜ちゃんはあんなこと言ったのっ⁉」

先生の家を出る頃《ころ》には日が傾《かたむ》き、街はオレンジに色付いていた。

わたしたちが暮らしている学生寮《がくせいりょう》と北城魔術女学院は、先生の住んでいる区の隣《となり》にある。

学院側から外出許可をもらっているけれど、門限は守らなくてはならない。わたしたちは寮《りょう》の門限である七時に間に合うよう、先生の家をあとにして駅までの道を歩いていた。

「せっかく先生と付き合えるとこだったのにぃいいいいいいいっ!!」

レイアさんはさっきからずっと頬を膨《ふく》らませ、不満を露《あら》わにしている。

いつもは大人しい円香でさえ、ジトッとした目でわたしを見ていた。

「ダメなものはダメよ！　先生のお宅でも言ったけど、教師と教え子の交際なんて言語道断よ！」

「でも、学院長もリリス先生も応援《おうえん》してくれてるよ？　それに先生と恋人《こいびと》になれるなら、悪い子だって思われてもいいもん！」

「よくないわ！　もしバレたら、先生もあなたも、周りからどれだけ非難されるかわからないのよ⁉」

「いいもん！」

正論を突きつけるわたしに、レイアさんは揺《ゆ》るぎもしなかった。

「たとえ世界中のひとが敵になっても、先生が側にいるからいいもん！　ボクはいつまでも先生の味方でいるもん！」

迷いないレイアさんの答えに、ギュウッと胸が絞《しぼ》られるように痛んだ。

円香とレイアさんが先生の告白を受けいれたときと、一緒《いっしょ》だ。

あのときもこんなふうに胸が痛んで、円香とレイアさんと両想いになって喜んでいる先生がどうしても許せなくて、気付いたときには叫んでいた。

わたしの意見は常識に則《のっと》っていて、どこまでも正しい。そして先生たちが向かおうとしていた道は、どこまでも間違《まちが》っている。

だけどあのとき、わたしはそんな理屈《りくつ》は考えていなかった。どうしようもなく胸がモヤモヤして、声を上げずにはいられなかった。

いまもそのモヤモヤは続いている。わたしはどうしてしまったのだろう？

「ち、千夜さま？　わたしも、レイアさんと、同じです……先生のお側《そば》にいられるなら、その……ほかにはなにも、いりません」

円香も、一歩も退く気はないらしい。『八』の字にした眉の下、琥珀色《こはくいろ》の瞳に強い意志が宿っている。

「け、けど、先生には八人の従者が必要なのよ？　リリス先生もいるから九股よ？　自分以外の女性とも……セ、セック……するのよ？」

ふたりの視線から逃《に》げるように、横顔を見せて反論する。

レイアさんが「そ、それは……」と口ごもった。

当然だと思う。好きなひとが自分以外の女性と関係を持つなんて、耐えられるはずがないのだから。

「構い、ません」

わたしの確信は、小さくも芯《しん》のある声で砕《くだ》かれた。

見ると、あの円香が凜々《りり》しく眉を立て、しっかりとわたしの視線を受け止めている。

わたしは唖然として目を剥《む》いた。

「わたしでは……せ、先生の、一番になれないことは、わかっています……から」

「そ、それならどうして……」

「わたしは、側室で構わないいん、です……先生のお側にいられるなら……そ、それだけで、いいんです」

その健気《けなげ》さは覚悟と呼ぶべきだと思う。

静かで、でも燃えるように熱い眼差しに気圧《けお》され、わたしは一歩後退《あとずさ》る。

「ボクは正直イヤだけどさ？　それでも諦められないよ。きっと、誰《だれ》かを好きになるってそういうことなんだ」

レイアさんが、寂《さび》しさと清々《すがすが》しさが混じったような微笑みを浮かべた。

わたしは焦燥《しょうそう》に駆《か》られる。

どうしよう……先生はまだ誰ともお付き合いされてなかったのに、このままではじめてが奪《うば》われて——

そこまで考えて、わたしはブンブンと首を振《ふ》った。

どうしてわたしがそんな心配をしないといけないの⁉　先生が誰と付き合おうと、わたしには関係ないじゃない！

「そういう千夜ちゃんはどうなの？」

「ど、どうって？」

「先生のこと、どう思ってるの？」

わたしはうつむいて、言葉を探した。

「……そんなこと、わたしが訊《き》きたいわよ」

先生に助けてもらったあの日から、わたしはおかしくなってしまった。

先生とリリス先生との仲が気になって、どうしようもなくイライラしたり、レイアさんや円香と親しげに話す先生を見て、素直《すなお》になれない自分がイヤになったり……。

わたしの心は、ずっと迷子のままだ。

「もぉーっ！　しょうがないなぁ、千夜ちゃんは」

項垂《うなだ》れるわたしを見て、レイアさんは両手を腰に当てながら息をついた。

「千夜ちゃんが先生になにをしてあげたいか、なにをしてもらいたいか、どう思われたいかを考えれば、そんなのすぐにわかるよ」

レイアさんが、膝を抱いてうずくまっている幼子を見つけたように苦笑した。

わたしは考える。

だから、先生を困らせたくなかった。

だから、先生に助けられたことをみんなの前で打ち明けて、わたしが先生に着せてしまった汚名《おめい》をそそごうとした。

わたしは先生の近くにいたかった。

だから、先生と一緒のテーブルで食事をして、名前で呼んでもらいたいとお願いした。

わたしは魅力的《みりょくてき》な女の子だと思われたかった。

だから、普段《ふだん》は身につけないような大胆《だいたん》な服を着て、先生のお宅を訪《おとず》れた。

困っている先生を助けてあげられたら、先生の側にいさせてもらえたら、ステキな女の子だと思ってもらえたら、わたしはどんなに幸せだろう？　考えるだけで、胸の奥《おく》が温かさで満たされる。

――あれ？

自然と顔をほころばせている自分に気付き、わたしは視線を上げた。

呆然《ぼうぜん》と宙を見上げ、わたしは、ストン、と腑《ふ》に落ちる感覚を得る。

なんだ、こんなに簡単な話だったんだ。

わたしは、先生のことが――

「あの……千夜さま？」

そのとき、円香が不安そうに尋《たず》ねてきた。

「お、おかしく、ないでしょうか？」

「円香ちゃん、おかしいってなに？」

「その……し、静かすぎませんか？　辺り、が」

わたしは辺りを見渡《みわた》す。

たしかにおかしい。わたしたちがいるのは駅前の大通り。昼過ぎに訪れたときは人通りが多く、賑《にぎ》わっていた。

なのに、いまは誰の姿もない。一台の車も走っていない。

いつの間にか、ここは無人地帯となっていた。

まるで、わたしたちの周りから、わたしたち以外の人間が取り除かれたように。

おかしい。明らかにおかしい。こんなこと起こりえない――普通《ふつう》なら。

だからわたしは呟《つぶや》いた。

「――魔術《まじゅつ》？」

わたしたちは魔術師の手に陥ったのではないか？

夥《おびただ》しい数の紙片《しへん》が飛来したのは直後だった。

「きゃあぁあああああああああああっ!!」

円香が悲鳴を上げる。

宙を舞う紙片はやがて、結び重なりかたちをなしていく。できあがったのは、紙でできた数十体の人形だ。

周囲を取り巻く紙人形を前に、わたしは確信した。

わたしたちは、違法魔術師に襲われているのだと。

第四章 想いと願いと蜜の月

駅前の大通り。数えきれないほどの紙人形が、わたしたちを取り巻いている。カサカサと乾いた音が四方八方から聞こえ、わたしの頬を汗《あせ》が伝った。

「千夜《ちよ》ちゃん。これ、どんな魔術かわかる？」

「いえ。わたしの知らない魔術ね」

「け、けど……多分、東洋系の呪術《じゅじゅつ》だと、思います」

紙人形が隙《すき》を探《さぐ》るように円を描《えが》いて動くなか、わたしたちは背中を預け合って相談する。

「お、おそらく、あの紙人形は、それほど大きな力は、も、持っていません……紙を操《あやつ》っているだけ、だと、思います」

「多分、この魔術は本命じゃないわね。あちらはなにか企んでいるのよ」

わたしと円香《まどか》はそう判断した。

見る限り、あの紙片は呪符《じゅふ》や霊符《れいふ》の類《たぐ》いではない。紙片自体に力はなく、いわば念動力で操られているようなものだろう。

つまり相手はこの紙人形でわたしたちを倒《たお》そうとは思っていない。おそらくは陽動や目眩《めくら》ましが狙《ねら》いだ。

「そっか——じゃあ、まずはボクがいく！」

わたしたちの意見を聞いて、レイアさんが魔術師専用ベルトに左手を伸《の》ばした。

万が一違法魔術師に襲われた場合に備え、北城魔術女学院《ほくじょうまじゅつじょがくいん》の生徒にはベルトの携帯《けいたい》が義務付けられている。先生の家にお邪魔《じゃま》した今日も例外ではなく、わたしたちは全員、魔術師専用ベルトを身につけていた。

そのポーチからレイアさんが取り出したのは、三つの結び目を持つ紐《ひも》だ。

レイアさんがその結び目をひとつ解《ほど》く。

直後、暴風がわたしたちの周りを吹き荒《すさ》び、紙人形たちを襲った。

「これは……!!」

「『操風魔法《そうふうまほう》』——結び目に閉じ込めておいた突風《とっぷう》を解き放ったんだよ！」

轟々《ごうごう》と風が吠《ほ》え猛《たけ》るなか、暴れる髪《かみ》を押《お》さえるわたしにレイアさんが答えた。

レイアさんが魔女《まじょ》の子であることは知っている。これは魔女特有の魔術——魔女術のひとつなのだろう。

「千夜ちゃん！　アプリで救援要請《きゅうえんようせい》を送って！」

「わかっているわ！　円香、代わりに警戒《けいかい》していてくれるかしら⁉」

「わ、わかりました！」

風の唸《うな》りに負けないよう、わたしたちは大声でやり取りする。

わたしは左のポーチからスマホを取り出してアプリを起動、学院側に救援要請を送った。

救援要請は学院関係者に伝わる。位置情報も伝達されるし、幸いジョゼフ先生とリリス先生も近くにいる。

先生たちに迷惑《めいわく》を掛《か》けるのは忍《しの》びないけれど、おかげでわたしたちには希望がある。

わたしたちがしなければならないことはひとつだけ。学院関係者の助けが来るまで、自力で持ちこたえることだ。

暴風が渦《うず》を巻き荒《あ》れ狂《くる》い、周囲の紙人形を散り散りにしていく。

ようやく風が収まったとき、わたしたちの前に漆黒《しっこく》の靄《もや》が現れた。

奈落《ならく》の底のように深い黒色。不気味に漂《ただよ》う靄はやがて一点に集い、四本の足を突《つ》いた、小さな動物の姿となる。

金色の双眸《そうぼう》を火玉のように揺《ゆ》らめかせる、靄と同じ、おどろおどろしい黒い毛並みを持った猫。

「『猫鬼《びょうき》』⁉」

それは東洋の黒魔術『蠱毒《こどく》』の一種だ。

蛇《へび》、トカゲ、百足《むかで》などを一箇所《かしょ》に閉じ込めて殺し合わせると、怨念《おんねん》が生じる。生き残った一匹《ぴき》には怨念が凝縮《ぎょうしゅく》され、結果として強い力を持った呪詛《じゅそ》が生まれる——それが蠱毒だ。

猫鬼は蠱毒の亜種《あしゅ》で、首を絞《し》めて殺した猫を用いるものだ。通常の蠱毒よりも、大きな動物を利用した邪法《じゃほう》。その力は並の蠱毒を凌駕《りょうが》すると聞く。

『シャアアアァアアアァァァァアアッ!!』

猫鬼は術師の命に従って標的を呪《のろ》い殺す。金色の眼を爛々《らんらん》と輝《かがや》かせ、猫鬼がわたしたちに飛びかかってきた。

けれどそのときには、すでに円香が準備を終えていた。

『地の三十六禽《さんじゅうろっきん》、天の二十八宿《にじゅうはっしゅく》！　聖なる宇宙を現出せよ！』

円香がポーチから引っ張り出した三本の注連縄《しめなわ》を宙に放《ほう》る。

注連縄は意思を持っているかのように宙を走った。

一本が長方形をなし、残りの二本は『×』の字を作る。注連縄はわたしたちの頭上で、対角線が引かれた四角形を描いた。

仕上げとして円香が柏手《かしわで》を打つ。

注連縄が作った四角形が、わたしたちを中心とした立体となり、青白い光が面のように張り巡《めぐ》らされた。

『フジャアアァァァアアァァァアァァァアアアアアアッ‼』

わたしたちを襲おうとした猫鬼がその光に弾《はじ》かれる。

円香が行ったのは『結界法』。呪術や魔物《まもの》を阻《はば》む障壁《しょうへき》を生み出す魔術だ。

この障壁のなかに閉じこもっている限り、猫鬼がわたしたちを傷付けることはできない。

わたしは反撃《はんげき》に出るべく、右のポーチから紙片を取り出した。

紙片には小刀で切り込みが入れられており、折り目を付けられて動物のかたちにされている。

これは『御幣《ごへい》』という、いざなぎ流の呪術を扱《あつか》うための呪物だ。

『式のこれ上印《うわいん》に山の神大神さわら式、さわらのちけん、早風《はやかぜ》、黒風《くろかぜ》、さわらの大疫神を与《あた》えさせ給へ、くばる天なくわる天なくだる天なちなる天なちけんにそばか、開けた眼《まなこ》はふさがせん、あげた足は下ろさせん、踏《ふ》んだ爪《つめ》は抜《ぬ》かせんぞ、即滅そばか！』

わたしはいざなぎ流の呪文《じゅもん》――『法文《ほうもん》』を唱え、猫鬼に向けて御幣を放った。

御幣は白銀の光を放ち、銀の毛並みを持った狼《おおかみ》へと姿を変える。

『式王子《しきおうじ》』――いざなぎ流に伝わる、神霊《しんれい》の力を使役《しえき》する呪術。陰陽道《おんようどう》でいうところの『式神』のようなものだ。

「いきなさい!!」

わたしが指令を下すと、式王子は大きく顎《あぎと》を開けて、並んだ牙《きば》を見せつける。そのまま式王子は猫鬼に飛びかかった。

『シャアアアァァァアアアアァァァァァアアアアッ!!』

猫鬼が前足を振るい式王子を引き裂《さ》こうとする。

鋭《するど》い爪が三日月の軌跡《きせき》を描く。しかし式王子はその爪を避《よ》け、振るわれた足もろとも猫鬼に牙を立てた。

『フギャアアァァァアアァアアッ!!』

式王子に噛《か》みつかれた猫鬼は全身での抵抗《ていこう》を試みる。式王子は奇声《きせい》を上げ続ける猫鬼を黙《だま》らせるように、猫鬼をくわえたまま頭を振り乱した。

『フ……ギ……ギィィイ……』

猫鬼の抵抗が弱まっていく。

式王子はトドメとばかりに猫鬼をアスファルトに叩《たた》き付けた。猫鬼は『ギャンッ!』と弱々しい断末魔《だんまつま》の音を上げて、黒い靄となっていく。

「やった!」

「いえ、まだよ! レイアさん!」

わたしの隣にいるレイアさんが歓声《かんせい》を上げる。

けれどいまは気が抜ける状況《じょうきょう》じゃなかった。この程度の襲撃《しゅうげき》で終わるとは思えない。

『ジャアアァアアァアァアァアァアアアッ!!』

わたしの危惧《きぐ》は的を射ていた。

猫鬼にトドメを刺《さ》した式王子に、新たに現れた猫鬼が襲いかかる。式王子の背後、死角からの奇襲《きしゅう》。

『フギィアアァアァアアァアァアァアァアアアッ!!』

それも二体。

猫鬼に爪を立てられ、式王子の体に裂傷《れっしょう》が走った。

汗がわたしの頬を伝い、アスファルトの上に落ちる。

マズい。さっきの猫鬼はなんとか倒せたけど、今度は二対一。流石《さすが》に分が悪い。

『お願い！　ボクたちに力を貸して！』

顔をしかめていると、レイアさんが声を張った。

その呼び掛けに応《こた》えるように舞《ま》い降《お》りてきたのは黒い群れ。漆黒の両翼《りょうよく》をはためかせ、黒い羽毛《うもう》を散らせるカラスの大群だ。

目をこらすと、カラスたちの周りには紫色《むらさきいろ》の陽炎《かげろう》が灯《とも》っている。

「あの子たちに魔力《まりょく》を送ってボクのお願いを聞いてもらったんだ！」

「魔女の『使い魔』ね？」

「うん。ボクの魔力であの子たちは強化されている。ボクが千夜ちゃんをサポートするよ！」

「助かるわ！　お願いね！」

カラスたちが二体の猫鬼にかぎ爪《づめ》を立てた。

猫鬼が反撃を試みるも、カラスたちはすでに空へと逃げている。見事なまでのヒットアンドアウェイだ。

猫鬼たちは苛立《いらだ》たしげに唸り声を上げた。刹那《せつな》、その隙を突いて式王子が猫鬼に食《く》らいつく。

わたしの式王子とレイアさんの使い魔は、即席《そくせき》ながらも完璧《かんぺき》なコンビネーションを披露《ひろう》していた。

わたしは善戦する式王子とカラスたちを見て希望を得る。

大丈夫《だいじょうぶ》。わたしたちはちゃんと戦えている。これなら助けを待つまでもない。自分たちの力でくぐり抜けられる。

式王子が最後の猫鬼を噛み砕いた。わたしの希望は確信に変わる。

しかし、それは束の間《つかま》のことだった。

またしても駅前通りに黒い靄が発生する。けれど、違《ちが》う。先ほどとはなにかが違う。靄の量と濃《こ》さが段違いだ。

靄は霧《きり》のように辺りに立ち込め、まるでわたしたちを舐《ねぶ》るように漂い、揺らめく。

結界に守られながらも、その底知れない不気味さに、わたしの体を怖気《おぞけ》が走った。

立ち込めていた靄は猫鬼のときと同じく一点に集束していき、やがて式王子の前でかたちをなす。

スマホが鳴らす警報が辺りに響《ひび》き渡《わた》る。

ざわっと胸の奥に動揺《どうよう》が波打った。

肌《はだ》が粟立《あわだ》ち、脊髄《せきずい》に氷水を注入されたような悪寒《おかん》が走る。

全身の汗腺《かんせん》から冷や汗が噴《ふ》き出した。『それ』の放つプレッシャーが尋常《じんじょう》ではなかったからだ。

「ひ……っ!!」

円香が引きつった悲鳴を上げる。わたしも恐《おそ》ろしさで目眩がしそうだった。

靄が形成したのは、成人の姿をしたのっぺらぼう。まるで影《かげ》が起き上がったような黒塗《くろぬ》りの人形だ。

それはいままでに見たことがない化け物で、『得体の知れない恐怖《きょうふ》』が擬人化《ぎじんか》したかのようだった。

絶望に近い恐れがわたしを襲う。

闇《やみ》が広がる森の奥に取り残されたような根源的恐怖。深海に沈《しず》められたかのような息ができないほどの重圧。それほどの威圧感《いあつ》が、黒い化け物から放たれていた。

レイアさんが従えていたカラスたちも一目散に逃げていく。

本能的に、『相手をしてはいけない』と察したかのように。『相手になるはずもない』と悟《さと》ったかのように。

「なに……あれ……」

「わからないわ。ただ、あれがすさまじく強大な力を持っていることだけは断言できる」

化け物は動かない。品定めするかのようにわたしたちを睥睨《へいげい》している。

絶え間なく汗がこぼれていく。アスファルトにシミが広がっていく。

わたしの足は小刻みに震えていた。いますぐこの場から逃げ出したいと訴《うった》えるように。

けれどそんなことはできない。結界から出た瞬間、『あれ』はきっとわたしの命を刈《か》り取る。理屈を超《こ》えた確信があった。

なんとかしなければいけない。怯《おび》えていてもなにも変わらない。

わたしは唇《くちびる》を噛み、覚悟を決めた。

「いきなさい、式王子!!」

わたしの命を受けた式王子が地を蹴《け》る。大きく顎《あぎと》を開き、黒い怪物《かいぶつ》に抗《あらが》うべく駆け迫《せま》った。

対し、化け物はゆっくりと、相手をするのが面倒《めんどう》だと呆《あき》れるように左腕《ひだりうで》を掲《かか》げた。

そしてその腕《うで》を振り下ろす。ただそれだけで、式王子はガラスのように砕かれた。

それは戦いなんてものではない。虐殺《ぎゃくさつ》とも呼べない。たとえるならば悪ふざけ。地べたを這《は》う蟻《あり》を気紛《きまぐ》れに潰したかのようだった。

「────っ!?」

あまりにも衝撃的《しょうげきてき》な光景に、わたしは一言も発せない。なにが起きたのか理解するだけでも数秒を要した。

一撃《いちげき》。たった一撃で、三体の猫鬼を屠《ほふ》った式王子が、敗れた?

わたしが。いや、わたしたちが呆然と立ち尽《つ》くすなか、無貌《むぼう》の怪物が悠然《ゆうぜん》とした足取りで歩み寄る。黒塗りの両腕《りょううで》が広げられる様は、地獄《じごく》の扉《とびら》が開かれていくかのようだった。

化け物が、両腕を結界に叩き付ける。腹の底に響く衝撃音《しょうげきおん》。

「ひぃっ!!」

円香の悲鳴がどこか遠く聞こえる。

結界にひびが入った。めきめきと気味の悪い軋《きし》みを上げて、ひびが徐々《じょじょ》に広がっていく。

顔のない化け物がほくそ笑《え》んだ気がした。

気が遠くなる。膝《ひざ》から力が抜けて、わたしはアスファルトの上にへたり込んだ。

もう……ダメなの？

漠然《ばくぜん》と思った。わたしたちはここで死んでしまう。殺されてしまう。

視界が黒く塗《ぬ》り潰されていく。結界がパキパキと音を立てる。

「…………けて……」

気付けば、わたしは叫んでいた。

「先生、助けてぇえええええええええええええええええええええええっ!!」

炸裂音《さくれつおん》が木霊《こだま》したのは直後だった。


結界を砕こうとしていたのっぺらぼうが、おとがいを反《そ》らせてよろめく。

化け物が尻餅《しりもち》をつくのを、わたしは現実味のないまま眺《なが》めていた。

なにが起きたのかわからない。

ジャリッ
呆然とするわたしは、靴底《くつぞこ》が地面を擦《こす》るような音を聞いた。

わたしはその音のほう——わたしたちが歩いてきた道のほうを見た。

涙《なみだ》でぼやける視界に映ったのは、闇色に輝く、右の人差し指をこちらに向ける、黒髪《くろかみ》の青年。

「ジョゼフ、先生……」

わたしたちの先生がそこにいた。

✡　✡　✡

『魔弾《まだん》』を射出した姿勢のまま、俺《おれ》は荒《あら》くなった息を整える。

千夜からの救援要請に気付いた俺は、魔術師専用ベルトを身につけて家を飛び出した。

それから一心不乱に走り続けたため、全身が熱くて怠《だる》い。

鼓動《こどう》が激しすぎて心臓が弾け飛びそうだし、酸欠で視界が不明瞭《ふめいりょう》だ。びっしょりと汗をかいたせいで、シャツや前髪が貼《は》りついて気持ち悪い。

それでもよかった。間一髪《かんいっぱつ》で間に合ったから。

千夜と円香とレイア。俺の教え子たちは、ひびの入った結界のなかでへたり込んでいる。俺に向けられた瞳《ひとみ》からは光が失われていた。

だけど生きてる。ちゃんと生きてる。

ここまで走ってくるあいだ、俺は生きた心地《ここち》がしなかった。もし彼女《かのじょ》たちの身になにかあったらと、心配で堪《たま》らなかったんだ。

俺は心からの安堵《あんど》を吐《と》息《いき》に変えて、それからすぐに気を引きしめた。魔弾をその身に食らってなお、黒い化け物が立ち上がったからだ。

悪魔《あくま》との契約《けいやく》により、指先から放てるようになる魔法の弾丸《だんがん》——それを魔弾と呼ぶ。狙った敵を確実に撃《う》ち抜くことができる、必殺必中の弾丸だ。

魔弾は一日＝二四時間に七発放てるが、最後の一発は悪魔の支配下にあり、悪魔が自由に操る。

悪魔が自分や味方を撃ち抜く可能性があるため、実質、魔弾は六発限定の黒魔術だ。

それでもその威力《いりょく》は破格の一言に尽きる。並の魔物なら一発で仕留められるだろう。

だが、撃ち抜いたはずの化け物の頭部には傷ひとつなかった。強大で恐るべき力を持っているからにほかならない。

俺は黒塗りの化け物を見据《みす》え、リリスを呼んだ。

「リリス！」

「ここにいるわよ、ジョゼフくん？」

ワンピースの裾《すそ》を翻《ひるがえ》し、俺の傍《かたわ》らにリリスが現れる。

「状況はわかっているわ？　わたしのこと、悦《よろこ》ばせて？」

返事の代わりに俺はリリスの唇を吸った。

しっとり吸い付く唇を舌でなぞる。

「ん……ふぅ……」

リリスには悪いが、いまは一秒だって時間が惜《お》しい。俺はリリスの唇をこじ開け、無理《む り》矢理《や り》舌をねじ込んだ。

「んぅうっ⁉」

ビクンッ！　リリスの体が跳《は》ねる。

俺は乱暴な舌遣《したづか》いでリリスの口内をまさぐった。侵《おか》すようにかき回すと、リリスの体から力が抜けていく。

最後の一押《ひとお》しに、俺はリリスの舌を絡《から》め取り、音を立てて吸い上げた。熟した果物みたいに甘《あま》く香《かお》り高い味が、口のなかいっぱいに広がる。

「うぅぅぅぅうんんんっ♥!!」

刺激《しげき》が強すぎたのだろう。リリスの舌先はピクピクと痙攣《けいれん》していた。

「…………は……ぁぁぁ……ん♥」

唇を離《はな》すと、恍惚《こうこつ》と潤《うる》んだ紫色の瞳と目が合う。にちゃり、と、俺とリリスのあいだに唾液《だえき》の架《か》け橋《はし》ができた。

モレクとの繋《つな》がりを感じ、俺は再び顔なしの化け物に向き直る。

『人身御供《ひとみごくう》の血に塗《まみ》れし恐るべき王よ！　遠く使いを陰府《いんぷ》まで下《くだ》せ！』

『LOOOOOOOWWWWWMMMMOOOOOOOOOOHHHH!!』

モレクの幻影《げんえい》が俺の背後に浮《う》かび、雄叫《おたけ》びを轟《とどろ》かせた。

俺はモレクの力を取り込み、『モレクの炎剣《えんけん》』を具現化しながらアスファルトを蹴り、叫《さけ》んだ。

「俺の教え子に手ぇ出してんじゃねぇぇぇぇぇぇぇぇぇぇぇぇぇぇぇぇぇっ!!」

駆ける先にいる無貌の怪物は、俺を迎撃《げいげき》するために左手を振りかぶり、ひっかくように叩きつけてきた。

俺は右の『炎剣』を掲げて重撃を防ぎ、左の『炎剣』で怪物の胴体《どうたい》を斬《き》りつける。

『炎剣』が真黒い胴体にめり込み、しかしわずかばかり進んだところで止められた。

「な……っ!?」

俺は目を剥く。

のっぺらぼうが俺を追い払《はら》うように右手を振るってきたので、胴体にめり込んでいる左の『炎剣』を手放して飛び退く。

ジャリッと地面を鳴らして体勢を整えながら、俺は冷静に思考する。

『モレクの炎剣』は問答無用で罪人を焼き滅《ほろ》ぼす。たとえ刃《やいば》を止められようと、一度傷を刻めばそこから地獄の炎《ほのお》が噴きだし、全身を焼き尽くす。

そして俺の視界に想定どおりの光景が映った。胴体にめり込んでいる『炎剣』が燃え盛り、無貌の化け物をのみ込んだ。

俺はグッと拳《こぶし》を握《にぎ》る。

のっぺらぼうは神に助けを請《こ》うように両手を天に掲げ、靄となり散っていった。

「なんとか退けたわね。流石はジョゼフくんよ」

霊体《れいたい》になっていたリリスが俺の隣に現れ、微笑《ほほえ》みかけてくる。

俺はリリスに頷《うなず》きながら、一方で懸念《けねん》を抱《いだ》いていた。

『モレクの炎剣』は地獄の炎の体現であり、のっぺらぼうは燃え尽きるはずだった。逃《のが》れられるはずなどなかったんだ。

しかし、のっぺらぼうは燃え尽きることなく、靄となって退散した。少なからぬダメージを与えたから、すぐには襲《おそ》ってこないだろうが……

「どうやらあののっぺらぼうは、俺の想像を超えた怪物みたいだな」

思考の海に沈んでいた俺は、ハッとして頭を振った。

いまはそれどころじゃない。無貌の化け物の正体を探るのは後回しだ。

「千夜！　レイア！　円香！　みんな無事か⁉」

なによりも大切なのは彼女たちだ。『炎剣』の具現化を解除し、俺は三人のもとに駆け寄る。

「せ、先生……」

「わ、わた……わたし……もう、ダメかと……」

レイアと円香がカチカチと歯を鳴らしていた。ふたりは青ざめた顔をして、全身を震《ふる》えさせている。

「大丈夫だ、俺がここにいる。もう、心配しなくていいからな」

俺が言い聞かせると結界が力を失った。乾《かわ》いた音を立て、注連縄がアスファルトに落ちる。

俺はさらに歩み寄り、三人の前で膝立ちになった。

俺が着ているシャツの裾が、弱々しく摘《つ》ままれる。

「――千夜」

シャツを摘まんだのは千夜の指だ。

千夜は涙に濡《ぬ》れた瞳を俺に向けていた。呼吸を乱し、眉根《まゆね》を寄せながら、縋《すが》るように俺を見つめている。

「大丈夫だ。無事でいてくれて、ありがとう」

俺は三人の肩《かた》に腕を回して抱きしめた。

彼女たちの震えが収まるまで、俺はずっとそのままでいた。

✡　✡　✡

「猫鬼に紙人形か……」

月が昇《のぼ》り夜がきていた。

ようやく落ち着きを取り戻《もど》した三人をつれて、俺は一旦《いったん》、学院に向かった。三人を寮《りょう》に送り、学院長と話をするために。

いま、俺たち四人は学院長室にいる。学院長は休日ながら仕事をしていたようで、対応は迅速《じんそく》だった。

デスクに腰掛《こしか》けた学院長は、ソファに座《すわ》る俺たちの話を聞いて、指組みした手を顎に当てる。

「『紙人厭魅《しじんえんみ》』に『蠱毒法』。相手は東洋——特に日本と中国の呪術の使い手だね。人払《ひとばら》いに用いたのは『道切り』といったところか」

学院長は英国人と日本人の親を持ち、魔術《まじゆつ》の名家の生まれだと聞く。ご両親とも優《すぐ》れた魔術師らしく、お兄さんは魔術庁《まじゆっちょう》で働くエリートだそうだ。

幼い頃《ころ》から英才教育を施《ほどこ》されてきたそうで、彼女は古今東西の魔術に精通している。二〇代で学院の長を務めるだけあって、三人を襲った魔術にも見当がついているようだった。

「気になるのは、魔弾を凌《しの》ぎ、『モレクの炎剣』に抗ったという化け物だね……すまないが、特徴《とくちょう》を挙げてもらっていいかい、ジョゼフくん？」

「はい。成人の外見をしていて全身が黒塗り、顔はなくのっぺらぼうでした。円香の結界を破るほどです、かなりの呪力を宿していることでしょう」

「先生の仰《おつしや》るとおりです。わたしの式王子も一瞬《いっしゅん》で敗れてしまいました」

「そういえば、現れるときに黒い靄が漂ってたよね？」

「は、はい……えと、猫鬼が出てきたときと……似ていた、ような……」

俺たちの話を聞いて、学院長の眉《まゆ》がピクリと動く。

「……『起屍鬼《きしき》の法』か」

学院長が苦々しげに呟いた。

「学院長、起屍鬼の法とは？」

「ジョゼフくん、蠱毒の作り方は知っているね？」

俺は頷く。

蠱毒は生き物の怨念を用いる呪術。その作り方は、一箇所に閉じ込めて共食いさせたり、意図的に飢《う》えさせてから首をはね落としたりとむごたらしいものばかりだ。

三人を襲った猫鬼の製法も凄惨《せいさん》で、絞殺《こうさつ》した猫を祭壇《さいだん》で四十九日間祀《まつ》るという、正気の沙汰《さた》とは思えない手法が用いられる。

「起屍鬼の法はその人間版だ」

「な……っ」

「人間の死霊《しりょう》を素体とした蠱毒――それが起屍鬼だ」

学院長の説明に俺は絶句した。

「そ、そんな……恐ろしい呪術、が……あ、あるん、ですか？」

「国際法で禁じられた外法《げほう》だよ、円香くん。だが、たしかに実在する」

「で、でも、国際法で禁じられてるって……使える人なんているの？」

レイアの疑問はもっともだ。

ただでさえ身の毛のよだつ蠱毒法。その人間バージョンなんて考えるだけでおぞましい。

そんな忌《い》まわしい呪法は危険視されて当然だ。

事実、俺もその存在を知らなかった。製法が広まらないよう規制が張られているのだろう。

「たしかに起屍鬼の法の工程は闇に葬《ほうむ》られているが、未《いま》だに起屍鬼を操る違法魔術師《いほうまじゅつし》がひとりだけいる」

学院長が険しい顔でその名前を口にする。

「ハク・リーヤン——一〇年前から国際指名手配されている『呪い屋』だ」

その男の噂《うわさ》なら俺も耳にしたことがある。

東洋系の黒魔術を扱う殺し屋。容姿や素性《すじょう》などは一切《いっさい》不明。一〇〇パーセントの確率で依頼《いらい》を達成させるという怪人《かいじん》。名前と実績だけがその恐ろしさを物語る、謎《なぞ》に包まれた殺《さっ》人鬼《じんき》だ。

「そんなひとが、どうしてボクたちを襲ったんだろう？」

不安そうにレイアが呟く。

「わたしです」

レイアの呟きに答えるように、か細い声を漏《も》らしたのは千夜だ。

「ハク・リーヤンの狙いは、きっと、わたし」

「千夜くん？」

「学院長……わたしの家族は、呪われているんです」

「なんだって？」

千夜の告白を聞いて学院長が眉をひそめる。

そこで俺は気付いた。

「円香が狐憑《きつねつ》きに遭《あ》ったとき、狙われたのは千夜……!!」

俺は隣《となり》に座る千夜に目をやる。青ざめた顔で、千夜が重く頷いた。

「狐憑きは東洋の黒魔術ですよね？　今日の猫鬼や起屍鬼も、東洋のものでした」

「だったら、それもハク・リーヤンの？」

「ま、まさか……千夜さま、を狙って……？」

レイアと円香が驚愕《きょうがく》に目を剥《む》く。唇を引き結んだ千夜はカタカタと震えていた。

「わたしは、呪いから逃れるために、この魔女学《まじょがく》に入学したんです」

「なるほど。ハク・リーヤンは千夜くんを追ってきたと考えるのが妥当《だとう》か」

学院長が静かにまぶたを伏《ふ》せた。

室内に息が詰《つ》まるほどの沈黙《ちんもく》が満ちる。

「わかった。学院の警備を最大限、固めよう。千夜くんにも護衛をつけて――」

「ダメです」

学院長の提案を、掠《かす》れた声で千夜が拒否《きょひ》した。

「わたしが狙われているんです……だから、わたしは、ここにいたらダメなんです」

「千夜ちゃん？」

「もう、ハク・リーヤンはわたしの居場所を特定しています……わたしが魔女学にいたら、ほかの皆《みな》さんにも迷惑が掛かります」

「千夜、さま……そ、そんな……」

「現に、円香も、レイアさんも……ジョゼフ先生まで巻き込んでしまいました」

千夜はうつむいて、ギュッとスカートの裾を握った。その痛ましい姿が、彼女の苦しみを物語っている。

「わたしは……ここにいては、いけないんです」

俺の胸は張り裂けそうだった。

その決断を下すのに、千夜はどれだけ葛藤《かっとう》しただろう？

二〇《はたち》歳にも満たない女の子。千夜はまだ子どもだ。守られるべき存在なんだ。理不尽《りふじん》に抗う力を、彼女はまだ身につけていない。

それなのに無慈悲《むじひ》に襲われて、こんなにも震えて、唇を噛みしめて、いまにも泣き出しそうな表情で……。

千夜はどれだけ不安だろう？　どれだけの絶望を感じているだろう？　ここにいてはいけない――そう口にするのは、どれだけ辛《つら》かっただろう？

だから俺は決めた。

「千夜くん、きみは――」

「千夜」

学院長の苦しげな声を遮《さえぎ》り、俺は千夜の右手を左手で包み込んだ。彼女の震えを和《やわ》らげるように。

「俺の家に来ないか？」

千夜が顔を跳ね上げた。涙に濡れた黒真珠《くろしんじゅ》が揺らめいている。

俺は目を逸らさずに、真《ま》っ直ぐ千夜の瞳をのぞき込んだ。

「きみを独りになんてできない。俺に守らせてくれ」

「でも……っ」

「これは俺の意思だ。どうしてもしたいことなんだ。巻き込まれたとか、そんなのじゃない」

彼女の目尻《めじり》から涙がこぼれ落ちる。

「俺が守りたいから、守るんだ」

✡　✡　✡

「なにもない部屋だけど、自由に使って構わないからな」

「はい……ありがとうございます」

千夜をつれて帰宅した俺は、二階にある客間まで彼女を案内していた。

ベッドとクローゼットに小さなテーブルセットだけという、もの寂《さび》しい内装の部屋だ。

「なにかあったら遠慮《えんりょ》しないで声をかけてくれ。俺の部屋はわかっているな？」

「はい……ふたつ隣の、その部屋ですよね」

千夜が濃茶色《こいちゃいろ》をした木製のドアを指差した。

彼女は憔悴《しょうすい》しきっている。いつもの凜々《りり》しさはなりをひそめ、豊かな表情は陰っていた。

ひとつ屋根の下で、好きな女の子と一晩過ごす。本来なら夢のようなシチュエーション

だが、千夜が殺し屋に狙《ねら》われているいま、俺の心は欠片《かけら》もときめかなかった。

「男の俺に言えないことは、俺の隣の部屋にいるリリスに頼《たの》んでくれ。それから、俺は絶対に千夜がイヤがることはしないから、安心してくれ」

「はい……」

俺は昼間、千夜に好きだと告白したし、従者になってほしいとも頼んでいる。だから、俺の家に泊《と》まるという状況に、彼女は不安を感じているかもしれない。

そう思い俺は、千夜に危害を加えるつもりはないと念を押《お》した。

いつもの千夜なら、「そんなことわかっています、変なこと考えないでください！」とかトゲトゲしい反応をしただろう。けれど、いまの彼女は小さく頷くだけだった。

弱々しい千夜の姿が、俺には堪らなく切ない。

「……先生。お風呂《ふろ》お借りして、いいですか？」

千夜が俺のシャツの袖《そで》を摘まみながら訊《き》いてくる。

憂《うれ》いを帯びた横顔をそれでも美しいと感じながら、俺は答えた。

「ああ。頼めるか、リリス？」

「ええ、もちろん」

俺たちについてきたリリスが、千夜の右手をそっと取る。

「大丈夫よ、千夜ちゃん。わたしとジョゼフくんがいるからね？」

「……はい」

「さあ、こっち」

穏《おだ》やかな微笑みを浮かべるリリスにつれられて、千夜が階段を下りていく。その表情が和らぐことは、ついになかった。

✡　✡　✡

シャワーヘッドから流れるお湯が、解《ほど》いた髪《かみ》と、肌を打つ。

水滴《すいてき》が首筋から鎖骨《さこつ》へと滑《すべ》り、自分でも持て余すほど大きな胸を伝い、桜色の尖端《せんたん》からポタリとこぼれた。

温かなシャワーを浴びながら、それでも、わたしの強張《こわば》りは解《と》けなかった。

「……どうしよう」

沈んだ声が、わたしの口から漏れる。

——俺が守りたいから、守るんだ。

先生はそう言ってくれたけど、わたしが巻き込んだことに変わりはない。

しかも、相手はハク・リーヤン。一〇〇パーセントの確率で依頼を達成させる、国際指名手配されている殺し屋だ。

もし、わたしを守るために、先生が命を落としたら……

「――――っ！」

想像し、わたしは自分の体をかき抱《いだ》いた。

シャワーを浴びていることさえ忘れてしまうほどの悪寒が、わたしを襲う。息が荒く、過呼吸になってしまいそうだ。

イヤ！　イヤイヤイヤイヤイヤイヤ！　先生を失うなんて、絶対にイヤ!!

絶望が、わたしの思考を覆《おお》い尽くす。

けど、わたしになにができるの？　守られてばかりのわたしに、先生にしてあげられることなんて、あるの？

「――いえ」

絶望のなか、わたしは思い出した。

ある。わたしにはひとつだけ、先生にしてあげられることがある。

本当は、こんなかたちでなんて、したくない。

それでも、先生のためなら、わたしはなんだってできる。

家族が呪《のろ》われ、魔女学に逃《に》げてきてから、わたしは暗闇《くらやみ》を歩いている気分だった。

誰《だれ》かと仲良くなろうだなんて、とてもじゃないけど思えなかった。

もし、仲良くなったひとが、わたしの家族を呪った犯人だったら？

もし、仲良くなったひとが、わたしの家族のように呪われてしまったら？

わたしはすべてに怯えていた。

初対面の男性黒魔術教師《あなた》に、噛みついてしまうほどに。

けれど、あなたはわたしを助けてくれた。見捨てないと言ってくれた。独りにしないと言ってくれた。

嬉《うれ》しかった。

あなたが、わたしの暗闇を照らしてくれたから。

あなたが、わたしの希望になってくれたから。

あなたと同じテーブルでご飯をしたとき、わたし、『空いてる席が見つからなかった』って言いましたよね？

嘘《うそ》なんです。あなたの側にいたかったんです。

あなたに名前で呼んでもらったとき、わたし、『生徒には平等に接するべき』って言いましたよね？

嘘なんです。あなたの特別になりたかったんです。

あなたに服装を褒《ほ》めてもらったとき、わたし、『先生のために頑張《がんば》るわけない』って言いましたよね？

嘘なんです。あなたにステキな女の子だと思ってもらいたくて、頑張って着飾《きかざ》ったんです。

先生、わたし、気付いたんです。

あなたは、わたしにとって、掛《か》け替《が》えのないひとなんだって。

ただ、

「先生は、わたしで満足してくれるかな？」

先生は、ちゃんとわたしを求めてくれるだろうか？

わたしの体は、先生にとって魅力的《みりょくてき》に映っているだろうか？

わたしから迫って、先生は迷惑《めいわく》がらないだろうか？

もし、拒《こば》まれてしまったら？　もし、がっかりさせてしまったら？　もし、軽蔑《けいべつ》されてしまったら？

もし、先生に嫌《きら》われてしまったら？

怖《こわ》い。いままでの関係を壊《こわ》すのが怖い。先生が離れていってしまうのが怖い。先生の側にいられなくなるのが怖い。

想像するだけで、体がカタカタと震えてしまう。

それでも、

「迷ってなんていられない……あなたのためにできることは、これしかないんだから」

わたしは一層強く自分の体を抱きしめ、震えと不安を抑《おさ》えこんだ。

「先生、わたし、あなたに捧《ささ》げます」

✡　✡　✡

時刻は一〇時を回っていた。

俺とリリスは風呂から上がった千夜に夕食を勧《すす》めたけど、彼女は断って部屋に籠《こ》もってしまった。

どうやら夕食をとる気力も失ってしまったらしい。円香やレイアとともに襲われ、その相手が国際的な違法魔術師だと知ってしまったんだ。不安になるのも無理はない。

千夜が心配だったけど、俺たちは彼女の気持ちを優先し、そっとしておくことにした。

いまごろ千夜もベッドで横になっているだろう。悪い夢を見ていなければいいと心から願う。

パジャマに着替《きが》えた俺はベッドに横たわっていた。

態勢を整え、俺は格子窓《こうしまど》から夜空に浮かぶ月を眺めていた。

仰向《あおむ》けになりながら考える。リーヤンは、どんな手口を用いて千夜を襲ったんだろう？

今日の襲撃《しゅうげき》は、仕掛《しか》けるタイミングが絶妙《ぜつみょう》すぎた。

千夜たちのスマホには防犯アプリがインストールされており、学院関係者に救援要請《きゅうえんようせい》を送ることができる。位置情報の把握《はあく》も可能で、付近にいる関係者がすぐに対応できる仕組みになっている。

だが今回の場合、千夜たちの周りには対処可能な関係者は俺とリリスしかいなかった。

三人が起屍鬼に襲われる寸前でなんとか間に合ったけど、少しでも遅《おく》れていたら彼女たちの命はなかっただろう。

そんな最悪といえるタイミング・場所で、人払いまで完了《かんりょう》させたうえでの襲撃。

偶然《ぐうぜん》にしてはできすぎだ。リーヤンが千夜の行動を把握していたとしか思えない。

謎はもうひとつある。どうやって円香のロッカーに狐憑きの呪物を仕込んだのか？

警備員による巡回《じゅんかい》と式神による監視網《かんしもう》を、くぐり抜《ぬ》ける方法があったとは思えない。

「考えられるのは、学院にリーヤンが潜伏している可能性か」

教師や生徒ならば、警備の手がゆるむ日中、呪物をロッカーに忍ばせることは造作もないだろう。

アプリによる位置情報把握システムも利用できるため、自分にとって最高のタイミングで千夜を襲えるはずだ。

「だけど、その可能性は限りなくゼロに近い」

魔女学の教員は、就任時に魔術ライセンスの確認《かくにん》が行われる。確認するのは学院側だから、誤魔化《ごまか》すことは当然できない。

また、リーヤンは国際指名手配されるほどの犯罪者だ。一〇年前の時点で、殺し屋としての実績を打ち立てていたに違《ちが》いないだろう。

一〇年前となると、魔女学の生徒たちの年齢《ねんれい》は一〇歳にも満たない。殺し屋として活躍《かつやく》するにはいくらなんでも幼すぎる。

違法魔術師であり魔術ライセンスを取得していないリーヤンは、教員としてもぐり込むことができない。さらに、リーヤンが生徒である可能性も年齢的に考えられない。

それならリーヤンは――

「――まさか」

そこで俺は、と、あ、る、可、能、性、に行き着いて体を起こした。ひとつだけ、不可能を可能にする方法がある。

コンコン、とノックの音が聞こえたのは、俺が気付きを得た直後だった。

「先生、起きてますか？」

千夜の声がする。

俺はベッドを抜け出して、ドアへ向かった。

「どうした、千夜？　眠《ねむ》れないのか？」

ドアを開け、俺は息をのんだ。そこにいる千夜が神秘的なまでに美しかったからだ。

夜に溶《と》けるような漆黒《しっこく》の髪と、月明かりの如き純白の肌《はだ》がコントラストをなし、千夜を闇夜《やみよ》の妖精《ようせい》に仕立て上げている。

リリスのものでは小さすぎたため、いま千夜が着ているパジャマは俺が貸したものだ。

しかし俺は長身の男性だ。ズボンはブカブカではけなかったらしく、千夜はシャツだけを羽織っていた。

そのためシャツの裾からは、カモシカのようにしなやかな美脚《びきゃく》が、惜しげもなくさらされ、襟《えり》からは、鎖骨のラインに加え胸の谷間までものぞいていた。

これを扇情的《せんじょうてき》と言わずしてなんと呼べるだろう？　暗がりのなかでも失われない、眩《まばゆ》いばかりの艶《あで》やかさがそこにあった。

「お邪魔《じゃま》してもいいですか？」

「あ、ああ、もちろん」

千夜の姿に見取れていた俺は、彼女に問いかけられてようやく我に返った。

千夜を室内に迎《むか》え入れ、俺たちはベッドに腰掛ける。

月明かりに照らされる千夜はどこまでも幻想的《げんそうてき》で、けれど彼女の横顔は、いまにも消えてしまいそうなほど儚《はかな》い。

「千夜、大丈夫《だいじょうぶ》か？」

うつむいたままなにも口にしない千夜が心配になり、俺はできるだけ柔《やわ》らかく声をかけた。

「……先生」

千夜が縋りつくように俺の左腕《ひだりうで》を抱きしめたのはそのときだ。俺の腕《うで》が千夜の胸に包まれる。

「――――――っ⁉」

いきなりのことで、俺は言葉を失った。

モチモチとした特大ボリュームの双丘《そうきゅう》が迎え入れるようにかたちを変えた。俺の左腕を千夜の柔肌《やわはだ》が包み、腕全体に隙間《すきま》なく密着してくる。多分、千夜は下着をつけていないのだろう、いくらなんでも柔らかすぎる。

俺《おれ》と触《ふ》れている場所から、トクントクンと千夜の鼓動が伝わってきた。

体温までもがじんわりと馴染《なじ》んでくる。まるで千夜の体内《なか》に入ってしまったようで、俺の心臓が激しく音を立てた。

千夜が上目遣《うわめづか》いで俺を見る。彼女の吐息が肩に掛かる。

俺と千夜の心音はシンクロするかのように速まっていった。

全身に熱が滾《たぎ》っていくのがわかる。

黒真珠の双眸《そうぼう》から目が離せず、俺は千夜の瞳に囚《とら》われる錯覚《さっかく》を得た。

俺の胸に千夜の手が添《そ》えられ、そっと押される。千夜に釘付《くぎづ》けになっていた俺は、それだけでベッドに倒《たお》されてしまった。

「ち、千夜っ⁉」

「先生」

俺を押し倒した千夜がベッドに上がってきた。ギシリ、とベッドが軋《きし》む。

千夜が躊躇《ちゅうちょ》なく俺の腰《こし》に跨《また》がった。心地《ここち》好《よ》い千夜の重みと、細く、しかしむっちりとした太股《ふともも》の感触《かんしょく》に、頭がくらりとする。

千夜は妖《あや》しげな瞳で俺を見下ろし、掠めるように胸を撫《な》でた。ゾワゾワと、言いようのない感覚が背筋を走る。

千夜が憂いを帯びた声色《こわいろ》で俺に請い願った。

「わたしを、従者にしてください」

その顔には暗闇のなかでもわかる陰りがあった。

「千夜……」

「わたしにはなにもできません。先生を巻き込むだけで、してあげられることはなにもない」

「俺は巻き込まれたなんて思ってない！」

「それでも……先生に捧げることだけは、できる」

千夜は反論を無視して俺の右手を取った。

「んうぅ……っ」

自分の胸に俺の手を押し当て、千夜が甘い声を上げる。

まるで受けいれられるかのように、俺の五指が千夜の胸に沈《しず》んだ。

心臓が頭のなかで鳴っているみたいにうるさい。

視界に靄《もや》がかかる。

思考までもが獣欲《じゅうよく》で塗《ぬ》り潰《つぶ》されそうだ。

大好きな女の子が、俺に身を委《ゆだ》ねようとしている。

いまにも理性が弾《はじ》け飛びそうだ。千夜のすべてが欲《ほ》しいと、俺のなかで誰かが叫ぶ。

「わたしを先生のものにしてください。先生から力をいただければ、わたしは先生を守れます」

流されそうになっていた俺は、千夜の言葉に我を取り戻す。


——力をいただければ。


「————ダメだっ!!」

雄《おす》の本能に必死に抗《あらが》い、俺は千夜の手を振《ふ》りほどいた。両手で千夜の肩をつかんで、漆黒の双眸を見つめる。

「破れかぶれになるな、千夜!」

「け、けど、先生は、わたしを従者にしたいって、言ってくれたじゃないですか」

「ああ、そうだ。いますぐきみを抱きしめて、本能のままに貪《むさぼ》りたいと思ってる。正直、我慢《がまん》できた自分が信じられないくらいだ」

「だったら、そうすればいいじゃないですか！」

「できるわけねぇだろっ!!」

悲痛なまでの千夜の訴《うった》えに、俺は噛《か》みつくように咆《ほ》えた。

「いいか、千夜。俺たちがしようとしているのは『力のため』のセックスだ。《愛》のない妥協《だきょう》のセックスなんて、最低最悪の行為《こうい》なんだよ！」

千夜と結ばれたくて仕方ないが、いまそうしたら、俺は救いようのないクズに成り下がってしまう。『力のため』に母さんを犯《おか》した、あのクソ野郎《やろう》のように。

「千夜、セックスってのはふたりで愛し合う行為なんだ。前にも言ったと思うが、《愛》のないセックスを俺は許せない」

真剣《しんけん》な眼差《まなざ》しで説き聞かせると、千夜の体が震えだした。

「……どうして、そんなこと言うんですか？」

「え？」

「やっと……やっと気付けたのに……」

彼女《かのじょ》の瞳《ひとみ》から、水晶《すいしょう》のような雫《しずく》がこぼれた。

「わたし……わからない……もう、どうすればいいのかわからない……っ」

千夜の涙《なみだ》は収まりを知らない。留《とど》まることなくボロボロとこぼれ落ち、俺の胸元《むなもと》を濡らしていく。

「先生のこと巻き込みたくない……けど、助けてほしいって思っちゃってるの！　わたしはなにもできなくて！　でも独りが怖くて先生の側にいたくてっ!!　だから……だからせめて……先生に、捧げようって……っ」

「千夜……」

「でも！　本当はこんなふうにしたくないの！　ちゃんと結ばれたいの！　けど、こうするしかなかったのっ!!　なのに……やっぱり先生を困らせちゃってる……」

俺は言葉を失った。千夜は、こんなにも追い詰められていたのか？

「わたしもうわからない！　どうすればいいの!?　どうしたら先生の力になれるの!?　どうしたら喜んでもらえるの!?　どうしたら受けいれてもらえるの!?　わたし……先生に嫌われたくないの!!　いなくなるのが怖いの!!」

千夜が絞《しぼ》り出すように告げた。

「先生が、世界の誰よりも好きだからっ!!」

雷《かみなり》に打たれたような衝撃《しょうげき》が、頭のなかを白く染め上げる。

千夜は『力のため』だけにセックスしようとは思ってなかった。そこには《愛》もあったんだ。

考えてみればそうじゃないか。

巻き込みたくないと千夜は言った。

捧げたいと千夜は言った。

守りたいと千夜は言った。

好きでもない相手に、そんなこと言えるわけない。

鈍感《どんかん》すぎるにもほどがあんだろ、アホか、俺は！

『力のため』だって決めつけて、千夜の気持ちを考えもしないで、《愛》がないからって拒んで、最低最悪だって傷つけて！

ふざっけんなよ！《愛》が大事とか散々ぬかしてるくせに、愛してる女《ひと》の想《おも》いに気付けないなんて、テメェが最低最悪なんだよ、クソ童貞《どうてい》!!

で？どうすんだよ？テメェに拒絶《きょぜつ》されて泣いてる女《ひと》が目の前にいんだろうが！テメェがやらねぇといけないことはなんだ？

男見せんならここしかねぇだろうが、ジョゼフ・グランディエ!!

俺は千夜の肩をつかむ手に力を込めた。

「イヤっ!!　イヤぁっ!!　お願い、先生!　嫌いにならないでっ!!　わたしのこと見捨てないでぇえええええっ!!」

泣きわめく千夜の体を引き寄せて、俺は彼女を抱《だ》きしめる。強く強く、絶対に離《はな》さないとばかりにきつく。

「悪い、千夜。きみの気持ちに気付けないで、拒んだりして」

「…………先、生?」

「ホント、どうしようもないよなあ。自分で自分がイヤになる」

俺は千夜のさらさらな髪をそっとすくった。

「ありがとな、千夜。こんな俺を好きになってくれて」

黒真珠からこぼれる涙を、優《やさ》しく指で拭《ぬぐ》う。

「もし、きみが俺に幻滅《げんめつ》していないのなら、もう一度チャンスが欲しい」

千夜の頬《ほお》に両手を添え、俺は真っ直ぐに見つめる。

千夜は目をいっぱいに開いて、唇《くちびる》を震《ふる》わせながらコクリと頷《うなず》いた。

俺は一息を吸う。

「教師と教え子の関係を認めるひとは少ないだろう。俺は千夜に山ほど迷惑を掛けると思う」

「構いません」

「これから千夜は、ほかの男《ひと》を好きになるかもしれない。俺はそんな未来を潰し、千夜の人生を縛《しば》ろうとしている」

「望むところです」

「俺には八人の女の子が必要だ。千夜以外とも関係を持つだろう」

「それはイヤです」

「ここにきて⁉」

むすっとした千夜の返事に、俺は悲鳴を上げる。

嘘だろ⁉　もしかしてさっきフラれたこと根に持ってる？　あの時点でゲームオーバーですか⁉

慌《あわ》てふためく俺を眺《なが》め、千夜はクスクスと笑《え》みを漏らした。

「でも、わたしもレイアさんと同じで諦《あきら》められないから、仕方なく許してあげます」

可愛《かわい》く舌を出す千夜に、俺は魂《たましい》の底から安堵《あんど》した。

俺、もう絶対、千夜に逆らわないようにしよう。こんなダメ男を受けいれてくれるなんて、女神《めがみ》としか思えない。

俺は改めて千夜を見つめる。彼女の瞳は相変わらず濡《ぬ》れていたが、口元には柔らかな笑みが浮《う》かんでいて、その涙が悲しみのものじゃないとわかった。

プロポーズのように、真っ直ぐ、ゆっくりと、穏やかに、告げる。

「俺は千夜が好きだ。俺の従者になってほしい」

「はい。喜んで」

幸せそうに顔をほころばせ、千夜が頷いた。

✡　✡　✡

千夜がベッドに身を委ねている。彼女の頬は上気していて、これから行われることを期待するかのように、熱っぽい眼差しを俺に向けていた。

黒く美しい髪が白いシーツの上に広がって、その姿は、夜の海を漂《ただよ》う人魚姫《にんぎょひめ》を連想させる。

俺は千夜の体に覆い被《かぶ》さるように、ゆっくりと顔を近付けていった。

「先生」

「ああ」

お互《たが》いに至近距離《きょり》で見つめ合う。千夜が艶《あで》やかな微笑《ほほえ》みを浮かべた。

「わたしのはじめて、もらってください」

その言葉をきっかけとして、俺と千夜の睦《むつ》み事がはじまった。

俺たちはどちらからともなく口付けをした。俺にとって、リリス以外のひととしたはじめてのキス。そして、千夜にとってのファーストキス。

千夜の唇はぷるっと瑞々《みずみず》しく、蕩《とろ》けるように柔らかかった。

軽く口付けて、俺たちは互いにはにかむ。そしてもう一度唇を重ねた。

今度は互いを求め合うような情熱的なキスだ。

俺は唇を薄《うす》く開け、舌先でツンツンと合図を送る。千夜はぎこちないながらも唇を開き、俺の舌を受けいれてくれた。

ヌルリとした艶《なま》めかしい感触。蕩けるような温《ぬく》もり。

千夜がたどたどしく自分の舌を絡《から》めてくる。その健気《けなげ》さが、愛《いと》しくて仕方ない。

「ん……んぅ……」

ちゅくちゅくと音を立て、俺と千夜は互いを求め、愛し合った。甘露《かんろ》にも似た唾液《だえき》をすり合い、ふたりの味を確かめ合う。

長い長い口付けのあと唇を離すと、ふたりの舌と舌に唾液の繋《つな》がりができた。

離れることを惜《お》しむように、俺たちは互いの舌先をチロチロと舐《な》め合う。

「触《さわ》るぞ、千夜」

「は、はい」

舌を離し、俺は千夜に囁《ささや》く。千夜はわずかに緊張《きんちょう》しながらも頷いた。

熱に浮かされたように俺の思考は溶けている。千夜の目つきも夢うつつのようだ。

俺はゆっくりと上下する千夜の胸にそっと手を添えて、円を描《えが》くように揉《も》みはじめた。

「はぅんっ！　んっ……あ、はあぁぁぁぁ……」

千夜の胸はたやすくかたちを変え、俺の五指に絡みついてくる。ほぐすように力を込めると、千夜の息が艶《つや》を帯びた。

千夜の喘《あえ》ぎ声を聞いた途端《とたん》、鼓動《こどう》が大きく鳴り、全身を巡《めぐ》る血液がざわついた。

突然《とつぜん》の変化に戸惑《とまど》っていると、俺の体から紫色《むらさきいろ》の魔力《まりょく》が漏《も》れ出し、黒髪《くろかみ》が金に染まっていった。まるで、魔将《デーモン》の力を取り込むときのように。

直後、千夜の体がビクンッ！　と跳《は》ねた。

「はぁあああんっ♥　う、嘘っ！　こんな……はじめてなのに、気持ちいいぃ♥」

驚《おどろ》きに見開かれた黒真珠の瞳が甘《あま》く蕩けていく。

ハァハァ、と荒《あら》い息遣《いきづか》いが、千夜の快感の度合いを示していた。

なにが起きたのかと考え、俺はひとつの可能性に行き着いた。

俺の《魅了《みりょう》》の影響《えいきょう》か？　《魅了》の特性が魔力に溶け込み、千夜の快楽を増幅《ぞうふく》させているのか？

思案する俺の前で、千夜が恍惚《こうこつ》と身をよじっている。

千夜の嬌態《きょうたい》を眺めていると、俺の心にある願望が生まれた。

もっと千夜をよがらせたい、いじめたい、淫《みだ》らに狂《くる》う姿を見てみたい。

自分の人格が変容していくのがわかる。

そうか。さっきの鼓動は、《好色》の悪魔《あくま》である母さんから受け継《つ》いだ血が、活性化した証《あか》しなんだ。

でも、そんなことどうでもいいじゃないか。いまは千夜と楽しむことが先決だろう？

俺はニィ、と嗜虐《しぎゃく》的に口角をつり上げ、着ているシャツを押し上げるほど固く尖《とが》った、千夜の胸の先端《せんたん》をキュッと摘《つ》まむ。

「んひっ♥⁉」

「どうした、千夜？　そんなにイヤらしい声を上げて」

「ふぇっ？　せ、せんせぇ？」

「優等生とは思えない乱れっぷりだな。教師と教え子の交際を散々否定していたけど、本当はこんなふうにされるのを望んでいたんじゃないか？」

言いながら胸のしこりを捻《ひね》ると、「んあぁっ⁉」と千夜が目を剥《む》き、背中を反らす。

「ほら、はじめてのくせにこんなにも感じている。千夜は先生にいじめられて気持ちよくなる変態だったんだよ」

「へ、変態なんかじゃ、ありません♥」

口端《こうたん》からヨダレを垂らし、体をくねらせながら、それでも千夜が反論する。

俺はわざとらしく、ふぅ、と肩《かた》をすくめた。

「素直《すなお》じゃないなあ、千夜は。イケナイ子にはお仕置きが必要だな」

「ふぇ？」と戸惑っているあいだに、俺は手早くボタンを外し、千夜の着ているシャツを開いた。

露《あら》わになるふたつの膨《ふく》らみ。

母性の象徴《しょうちょう》であるそれは、こぼれんばかりの大きさにもかかわらず端麗《たんれい》なかたちを保っている。その頂きでは、桜色の蕾《つぼみ》がツン、と自己主張していた。

現状に頭がついていかないのか、千夜はポカンとしている。俺はその愛らしい表情にクスリと笑みを漏らし、左胸の蕾に顔を近づけ、舐め上げた。

熟《う》れた桃《もも》のような匂《にお》いが鼻《び》腔《こう》をくすぐり、汗《あせ》のしょっぱさとミルクのような甘みが口いっぱいに広がる。

「ひゃうううううううううっ♥！　せ、せんせぇ、ダメぇっ！」

千夜の制止を聞き流し、なおも輪郭《りんかく》をネロネロと舐《ねぶ》る。

「ひっ！　はひっ！　ひんっ！」

《魅了》の魔力によって増幅された快感に、ガクガクと震える千夜。

俺は執拗《しつよう》な愛撫《あいぶ》でプックリと膨れた尖端を咥《くわ》え、音を立てて思いっ切りすすった。

「んきゅうううううううううううううううううっ♥♥!!」

千夜の体が、ピィン！　と硬直《こうちょく》する。

ビクッ、ビクッ、と痙攣《けいれん》したのち、千夜は脱力《だつりょく》してベッドに身を預けた。

俺はチュパ、と唾液まみれの蕾から唇を離し、千夜の顔をのぞき込んだ。

焦点《しょうてん》の定まらない瞳、だらしなくゆるんだ頬、口端から垂れる舌。

一目でわかる。いま、千夜は絶頂を極《きわ》めたんだと。

「やっぱり千夜は変態じゃないか。胸だけでイっちゃうんだから」

「ど、どうしてぇ？　なんで、イジワルするのぉ？」

潤《うる》んだ黒真珠《くろしんじゅ》から透明《とうめい》な雫がこぼれる。

「やっと結ばれるのに……せんせぇに愛してもらえると思ったのに……」

期待を裏切られて涙する千夜の頬を、俺はそっと優しく撫でた。

怯《おび》えるように身じろぎする千夜を見つめ、俺は打ち明ける。

「いろんな表情が見たいからだよ」

「え？」と、千夜が目を丸くした。

「笑った顔も、怒《おこ》った顔も、困った顔も、悲しんでいる顔も――千夜の浮かべる表情をもっともっと見たいから、乱れた顔も見たいから、こんなふうにイジワルしているんだ」

「ど、どうして？」

そんなの決まっているだろう？

「愛する女《ひと》の表情を、ひとつ残らず眺めたいからだよ」

驚く千夜の唇を塞《ふさ》ぎ、舌を差し入れ、かき回す。

舌を絡め、頬の内側をくすぐり、唾液をすすり合う。まるで、舌で行う性行為《せいこうい》だ。

タップリと口内を愛してから、俺はもう一度、千夜の瞳を見つめる。

「だから、もっと見せてごらん？　淫らに喘いでいる千夜の顔を」

千夜はゾクゾクッと震え、蕩けるような笑みを浮かべた。

「はい♥　せんせぇの好きにしてください♥」

快楽を受け入れた千夜に触れるだけのキスをして、俺は再び胸の頂きを口に含《ふく》む。

「ふにゃあっ♥！　せんせぇ、好き！　大好きぃ！」

猫《ねこ》のように鳴いて俺の頭を抱きよせる千夜は、もはや喘ぎ声を隠《かく》そうともしなかった。

従順になった恋人《こいびと》が堪《たま》らなく愛おしい。

俺は胸の先を吸いながら、左手を千夜の白肌《しらはだ》に這《は》わせる。

胸から腹へ、おへそをほじくって、ビクン！　と跳ねさせてから、さらに下、千夜の一番大事な場所へと。

すでにショーツはグショグショに濡れていて、千夜の秘所は蕩けたチーズのように熱かった。

「はひっ！　ふぁあああああああっ♥！　そ、そこ、好きぃ！　せんせぇ、もっといじめてください♥」

敏感《びんかん》なそこをクニクニ弄《いじ》ると、千夜が腰をくねらせておねだりしてくる。

俺は望み通り、千夜の秘部をグリグリと責めたて、舐《ねぶ》っていた蕾を甘噛《あまが》みした。

「んにゃあぁああああああああああああああああっ♥♥!!」

途方《とほう》もない快楽が、千夜を二度目の絶頂に導く。悦楽《えつらく》に溺《おぼ》れる千夜が、歓喜《かんき》の声を上げた。

快感の残滓《ざんし》にピクピク痙攣する千夜は、なによりも淫らで、どこまでも幸せそうな顔をしている。

背徳感と達成感に、俺の全身が粟立《あわだ》った。

俺は愉悦《ゆえつ》に浸《ひた》りながら、グッショリと濡れた千夜のショーツを、しなやかな足から引き抜く。

ひっそりと息づく千夜の秘所はベビーピンクで、トロトロの蜜《みつ》が溢《あふ》れていた。朝霧《あさぎり》をまとった花びらみたいに美しい。

いよいよ俺は、千夜とひとつになるんだ。

多幸感に包まれながら、俺は千夜の顔をのぞき込む。

「千夜、きみは俺にどうしてほしい?」

普段《ふだん》の千夜ならば、「そんなこと訊《き》かないでくださいっ!」と顔を真っ赤にしただろう。

しかし、快楽によって思考まで蕩けている千夜は、甘く熱い息を吐《は》きながら、俺を誘《さそ》うように両腕《りょううで》を広げた。

「わたしのはじめてをもらってほしいです。せんせぇのはじめてがほしいです♥」

「いい子だ」と頭を撫でると、千夜は嬉しそうに目を細める。

「せんせぇ……きて♥」

返事の代わりに、ついばむようなキスをした。


月明かりの下、俺と千夜はひとつになった。

第五章　魔王降臨

事後の気まずさは想像以上だった。

身だしなみを整えた千夜《ちよ》は俺の隣《となり》に座《すわ》っている。ベッドに腰掛《こしか》けたまま、ここ一〇分くらい俺たちのあいだに会話はなかった。

沈黙《ちんもく》のなか、俺は内心で頭を抱《かか》えていた。

なにやってんだよ俺はぁああああああああああああああああああああっ!! はじめてなのに言葉責めしたり快楽堕《お》ちさせたり、完全に鬼畜《きちく》の所業じゃねぇかぁあああああああああああっ!!

さっきの自分を思い出し、後悔《こうかい》と罪悪感で死にそうになる。

いくら《好色》の活性化で人格が変容していたとはいえ、流石《さすが》にやり過ぎだ。千夜も相当怒っていることだろう。もしかしたら失望しているかもしれない。

「……先生?」

「はいっ!!」

猛省《もうせい》しているところに声をかけられて、俺は反射的に背筋を正す。

「先ほどのことなんですけど、せ、先生はああいうのがお好きなんですか？」

先ほどのこと＝セックス。ああいうの＝鬼畜プレイだろう。

頬を色付かせた千夜に、俺は必死で弁解する。

「い、いや、あのときの俺はどうかしていたというか、俺であって俺でなかったというか、とにかく、俺はあんな鬼畜野郎《きちくやろう》じゃないわけでして、次からは優しくいたしますので、どうか寛大《かんだい》な心でお許しいただけるとありがたいといいますか……!!」

言葉を並べるうちに、しおらしかった千夜が目を丸くし、眉《まゆ》をひそめ、唇を尖らせ、頬を膨らませ、不満げにプイッと顔を背《そむ》けた。

「そうですね！　先生は本当にエッチでイヤらしい鬼畜でした！」

「申し開きもございません!!　二度とあのような真似《まね》はいたしませんので!!」

「えっ？」

全力で謝《あやま》り倒すと、千夜が不意に戸惑った顔をする。

「た、たしかに驚きましたけど、そこまで反省する必要はないと思いますよ？　その……せ、先生もはじめてだったわけですし、わたしも許してあげますから……」

しどろもどろとした様子で、要領を得ないことを口にする千夜に、俺はポカンとしてしまう。

「えっと……もしかして、千夜はああいうプレイがよかったとか？」

「そそそそんなわけないじゃないですかっ！　た、ただ、先生がどうしてもと仰《おっしゃ》るなら、付き合ってあげても構わないといいますか……！」

俺は悟《さと》った。

そうか、千夜はMなんだな。

生暖かい目で見ていると、「そ、それよりも！」と千夜があからさまに話をそらす。

「イヤじゃ、なかったですか？　わたしと……するの……」

千夜が不安げに俺を見上げる。

尋《たず》ねられて、千夜の熱っぽい艶顔《つやがお》、桃色《ももいろ》の嬌声《きょうせい》、甘い匂いと味、蕩けるような快感がフラッシュバックし、全身が火照《ほて》りだす。

俺の反応を見て、千夜までもが顔色を茹《ゆ》だらせた。

「なななんで赤くなっているんですか⁉」

「し、仕方ないだろ！　千夜がメチャクチャ可愛かったし、ビックリするくらい気持ちよかったし！」

俺が早口で答えると、千夜が口をわぐわぐさせる。

ボンッ、という擬音《オノマトペ》が聞こえた。

「エエエエッチっ‼　先生のバカっ！　変態っ！　色情魔っ‼」

「反論の余地はないけどこれでわかっただろ⁉　千夜とできて、俺はいますぐ死んでもいいくらい幸せなんだよっ！」

「へぅっ⁉」

ビクゥッ！　と、驚いて毛を逆立てるネコみたいに千夜が肩を跳ねさせる。

千夜は赤く染まった顔を隠すようにうつむいて、俺のシャツの裾《すそ》を指先で摘まんだ。

「し、死んでもらっては困ります……せっかく、両想《りょうおも》いになれたんですから」

ドスッ、と、愛の天使《キューピッド》が特大の矢を俺の胸に撃《う》ち込んできた。

いじらしい千夜の仕草が、気絶しそうなほどグッ、クる。

「おおお俺はまあそんな感じだけど、千夜のほうはどうなんだ⁉」

「ど、どう、とは？」

「その……痛いとか、苦しいとか、なかったか？」

斜《なな》め上に視線を向け、頬をかきながら尋ねる。

千夜は目を真ん丸にして、プルプル震えながら答えた。

「さ、最初のほうは痛かったですけど……その、途中《とちゅう》からは……」

「途中からは？」

「〜〜〜〜〜〜っ‼　わわわわたしの口からは言えません、察してください！」

惚れてまうやろぉおおおおおおおおおおおおおおおおおおっ‼

ああ、クソっ！　可愛いなあ、千夜、可愛いなあっ！　一生愛してやるぞ、こんチクシヨォオオオオオオオオオオオオオオオオオオっ‼

端から見たら舌打ちしたくなるくらいバカップルな会話だろうけど、こんなアホみたいなやり取りができるということは、千夜の憂鬱《ゆううつ》はキレイサッパリ消え去ったということだ。

もう心配ない。千夜は、いつもの千夜に戻《もど》っている。

俺は胸を撫で下ろし、改めて気を引きしめる。これから千夜にとても重要な話をするからだ。

「千夜」

「なんですか？」

俺の真剣な顔つきを見て、千夜の表情も真面目《まじめ》なものに変わる。

「落ち着いて聞いてくれ――ハク・リーヤンの居場所がわかったかもしれない」

千夜がハッと息をのんだ。

「本当ですかっ⁉」

「ああ。犯行の手口から推測するに、おそらくはな」

「先生は、リーヤンがどうやってわたしを襲《おそ》っていたかわかったんですか⁉」

俺は首肯《しゅこう》する。

千夜が部屋を訪ねてくる直前、リーヤンの手口について推理していた俺は、ひとつの可能性にたどり着いた。俺の考えが正しければ、リーヤンの正体や潜伏《せんぷく》場所もつかんだことになる。

「俺は自分の考えを学院長に知らせようと思ってる」

「ダメっ‼」

俺の左手を握《にぎ》って、千夜が切羽《せっぱ》詰《つ》まった声を上げた。

「狙《ねら》われているのはわたしです！　もう誰《だれ》も巻き込みたくないんです！」

千夜の右手に力が込められる。

千夜は、円香《まどか》やレイアがリーヤンの犯行に巻き込まれたことを気に掛《か》けている。

これ以上、誰にも迷惑《めいわく》を掛けたくないのだろう。だから、学院側に知らせたくないと訴えているんだ。

「これはわたしの問題なんです！　わたしが自分で解決しなくては――」

「千夜」

俺は微笑みを浮かべ、千夜の言葉を止めた。

「きみだけの問題じゃないだろ？」

「あ……」と千夜が目を見開く。

「俺にとって、きみはもう他人じゃない、ただの生徒でもない。俺の従者であり、誰よりも大切な恋人だ」

「先生……」

「俺ときみは運命共同体。きみは独りじゃない」

俺は千夜を見つめた。彼女の右手から力が抜《ぬ》けていく。

「千夜、聞かせてくれ。きみは俺にどうしてほしい？」

千夜が頬を赤らめて視線を落とした。

俺はただ黙《だま》って彼女の返事を待つ。

やがて千夜は、決意したように俺と目を合わせた。

「わたしと一緒《いっしょ》に戦ってください」

「もちろんだ」

千夜の願いに俺は即答《そくとう》する。

千夜の口元がゆるみ、俺は彼女に微笑み返した。

「千夜、きみに伝えておこう。きみは俺の従者になったことで魔王の力を降ろす器になった。けど、魔王が宿す魔力は凄《すさ》まじいものだ。魔王の力を行使すると、精神が大幅《おおはば》に削《けず》られるだろう」

千夜が頷く。

「だから魔王の力は最後の切り札だ。無闇《むやみ》に使うことはできない」

「はい、わかりました」

しっかりとした返事に、俺はもう一度笑みを浮かべる。

「それじゃあ準備をしよう。着替《きが》えて、ベルトも身につけてくるんだ」

「はい！」

「いい返事だ。俺も最後の準備をしておく」

千夜の覚悟《かくご》はできている。あとは、俺の推測を裏付けるだけだ。

✡　✡　✡

深夜、間もなく日付が変わる頃《ころ》。準備を終えた俺たちは、北城魔術女学院《ほくじょうまじゅつじょがくいん》を訪《おとず》れていた。

千夜は昼間着ていたスミレ色のカットソーと赤いミニスカート。

俺《おれ》は灰色のスーツに、教師用のコートを羽織った仕事着スタイルだ。

もちろんふたりとも魔術師《まじゅつし》専用ベルトを身につけている。

備えて足りることはない。なにしろ俺たちがこれから相手をするのは、国際指名手配を受けた違法魔術師《いほうまじゅつし》──『呪《のろ》い屋』ことハク・リーヤンなのだから。

俺たちは正門を跨《また》いで敷地内《しきちない》に踏《ふ》み入る。

すると昇降口《しょうこうぐち》から現れた警備員が、「誰だっ!!」と声をかけてきた。

無作法に懐中電灯《かいちゅう》の明かりが向けられ、俺の目が眩《まぶ》しさでチカチカした。

駆《か》け寄ってきた警備員は、俺たちの顔を確認《かくにん》して口をポカンと開ける。

彼《かれ》の名前は倉光進《くらみつすすむ》。円香が狐憑《きつねつ》きにあった日、俺とともに学院内の調査をしてくれた、新人警備員だ。

「グランディエ先生？」

「こんばんは、倉光さん」

警備中だった倉光さんに俺はあいさつする。

倉光さんは、ベルトにつけられたポーチに左手を伸《の》ばしていた。いつでも迎撃《げいげき》できるよう警戒《けいかい》していたのだろう。

俺が学院関係者だと認識《にんしき》した彼は、すぐにその手を下げ、糸のように細い目を薄く開けた。

「こんな時間に生徒をつれてどうされました？　寮《りょう》の門限は過ぎているはずですが……学院長に用事でもあるのですか？」

怪訝《けげん》そうに尋ねてくる倉光さんに、俺は静かに答える。

「いえ、俺はあなたに話があるんです」

「私にですか？」

眉をひそめて怪訝そうな顔をする倉光さんに、俺は告げた。


「はい、倉光さん——いや、ハク・リーヤン」

目の前の男はなにを言われたのか理解できないとばかりに立ち尽《つ》くしている。

一拍《ぱく》間を置いて、彼——リーヤンは我を取り戻したかのように両腕を広げた。

「待ってください！　ハク・リーヤンとは、国際指名手配中の違法魔術師のことですよね？」

「その通りです」

「私がそのリーヤンであると？」

「そうです」

リーヤンは唖然《あぜん》と口を開けた。見事な演技だ。

「円香のロッカーに仕込まれた呪物。外出中、最悪なタイミングで襲われた千夜——これらをどうやって成功させたのかがわからなかった。なにしろ北城のセキュリティーは万全《ばんぜん》。警備員が巡回《じゅんかい》し、式神による監視網《かんしもう》も整えられている。外部の人間が千夜の行動を把握《はあく》できるとも思えない」

警備員は腕利《うでき》きの魔術師で、監視網を構築する式神は彼らの管理下にある。防犯アプリによる救援《きゅうえん》システムも完備され、生徒たちになにが起きても迅速《じんそく》に対応できるようになっているんだ。

学院内では厳重な警備によって、外出時は防犯アプリによって、生徒たちは守られている。

リーヤンがつけいる隙《すき》はどこにもないはずだった。

「しかしこう仮定したならば話は変わります。学院関係者のなかにリーヤンが潜《ひそ》んでいるとしたら——警備員に扮《ふん》しているとしたら」

警備員の仕事は夜間の巡回と監視網の管理だ。監視網を操《あやつ》ればかいくぐる必要はないし、巡回中、ロッカーに呪物を仕込むチャンスはいくらでもある。

また防犯アプリによる位置情報把握システムも悪用可能だ。千夜やほかの関係者がどこにいるのか、リアルタイムで確認できる。

「警備員は警備会社から派遣《はけん》されています。もちろん警備会社では魔術ライセンスの確認が行われますが、学院側で行うことはしません。つまり、自分がどこから派遣されたのかさえ誤魔化せられれば、違法魔術師でも学院に潜入《せんにゅう》できるんです。

そしてあなたは今年度から警備の仕事につき、巡回を担当するのは火曜日——円香のロッカーに呪物が仕込まれたと思《おぼ》しき日です。あなたは千夜を追って学院内に忍《しの》び込んだ。そう考えるのが妥当《だとう》なんですよ」

俺が話しているあいだ、リーヤンは無言を貫《つらぬ》いていた。

推測を語り終え、いつでもポーチに手を伸ばせるように、いつリーヤンが仕掛《しか》けてきても対応できるように、俺は静かに両手を下ろした。

千夜もまた、俺を真似て戦闘《せんとう》態勢を整える。

沈黙の後、リーヤンが口を開いた。

「わかりました。私が疑われる要素はいくつもあります。私に疑惑《ぎわく》を抱かれるのも当然でしょう」

彼の言葉は予想外のものだった。

「この場で話し合っても解決しません。いくら私が弁解しても言い訳にしか聞こえないでしょうから。よろしければ警察に連絡《れんらく》してもらえませんか？　第三者立ち会いのもと、私は誤解を正したい」

相手の提案に、俺はなんと返答したらいいかわからなくなった。

警察に連絡する？　それは指名手配犯であるリーヤンにとって、もっとも避《さ》けたいことのはずだ。自分を追い詰《つ》めるだけでデメリットしかない。

ならば、なぜ彼はそんな提案をしてくるんだ？

「先生……」

千夜が心配そうな目で俺を見る。

俺の頬を汗が伝い、頭に疑念が立ち込める。

もしかして、俺の推測は的外れなのか？

『ジョゼフくん、後ろよ！』

やにわに、霊体化《れいたいか》しているリリスの思念が届く。

切迫《せっぱく》した指摘《してき》で我に返り、俺は反射的に右のポーチに手をやった。

ポーチから一振《ひとふ》りの短剣《たんけん》を取りだし、その刃《やいば》に人差し指を当てて滑《すべ》らせる。プツリと肌《はだ》が裂《さ》け、鋭《するど》い痛みが走った。

コートを翻《ひるがえ》しながら時計回りにターンし、俺は短剣を投擲《とうてき》する。鮮血《せんけつ》の滴《したた》る刃が回転しながら宙を駆けた。

『ギャウッ!!』

そして、背後から忍び寄ってきた猫鬼《びょうき》の体を斬《き》り裂く。

猫鬼の爪先《つまさき》は俺の左上腕《じょうわん》部を掠《かす》め、コートの切れ端が舞《ま》った。

血液は黒魔術において強力な呪物となり得る。俺は短剣に付着させた血液を媒介《ばいかい》として、猫鬼の体内に魔力を送り込み、霊魂《れいこん》を傷付けることで倒《たお》したんだ。

アスファルトに倒れた猫鬼が、ピクン、と痙攣し、黒い靄《もや》となり散っていく。

「先生っ!!」

「……大丈夫《だいじょうぶ》だ」

心配する千夜をなだめながらも、俺の鼓動は速かった。

危ないところだった。リリスの指示があと一秒でも遅《おそ》かったら、俺の反応がほんのわずかでも遅《おく》れていれば、いまごろ命はなかっただろう。

寒気を覚え、俺の全身が粟立つ。

だけどこれではっきりした。俺の推理は間違《まちが》ってない。

「自ら警察に連絡しようと提案することで俺たちを混乱させ、その隙を突《つ》いて殺しにかかる。あなたは怖《こわ》い人だ、リーヤン」

俺は改めて振り返り、リーヤンを見据《みす》えた。

彼の口角がつり上がり、三日月を作る。

「アナタも流石ですよぉ、ジョゼフ・グランディエ。まさかワタクシの策を見破るとはねぇ」

彼の口振《くちぶ》りが嘲《あざけ》るようなものに変わった。

ピンと伸ばしていた背筋を曲げながら、リーヤンはパチパチと拍手《はくしゅ》をし、心にもない賞賛を贈《おく》ってくる。

ダラリと猫背《ねこぜ》になったリーヤンは気味の悪い笑みを浮かべていた。

突然の変貌《へんぼう》。こちらが彼の本性《ほんしょう》なのだろう。

「認めてもらえて光栄だ。できるなら穏便《おんびん》に済ませたいから、報奨《ほうしょう》代わりに投降してくれないか？　俺たちは、あなたの犯行のようなむごたらしい真似はしたくないんだ。降参するなら、あなたの無事を保証しよう」

「いえいえ。依頼《いらい》達成率一〇〇パーセントがワタクシの売りなのですよぉ。頼《たの》まれたなら最後までやり通さなくてはならない。アナタもそう思いませんかぁ？」

リーヤンは未《いま》だに嘲笑《ちようしよう》を浮《う》かべていた。

「脅《おど》しても無駄《むだ》ですよぉ？　アナタたちの仲間がいないことはわかっています。アナタたちを始末すれば、それでお仕舞《しま》いじゃないですかぁ」

どうやら俺と千夜がふたりだけで臨《のぞ》んでいることがバレているらしい。おそらくリーヤンは、式神の監視網を悪用しているのだろう。

俺は眉をつり上げて訊く。

「なぜ千夜を狙っている？　どうして千夜の家族に呪いを掛けた？」

「話せません。プロは口が堅《かた》いのですよぉ」

リーヤンがニタリと口端を歪《ゆが》めた。

「正体を見破られたことは予想外でしたが、物部《もののべ》千夜がワタクシのもとを訪ねてきたのは好都合です。邪魔者《じやまもの》はアナタだけですからねぇ、ジョゼフ・グランディエ。ここは、まとめて殺して依頼達成と参りましょうかぁ」

ビクリと体を震《ふる》えさせ、千夜が後退《あとずさ》る。

「させるかよ」

俺は彼女《かのじよ》を庇《かば》うように一歩踏み出した。

「千夜は俺の大切なひとだ。俺は千夜を守る。あなたを倒し、千夜の家族に掛けられた呪いも解かせてもらう」

「先生……」

「俺はなにがなんでも千夜を助ける。あなたに手出しはさせない」

視線でリーヤンを射貫く。

「俺の教え子に手ぇ出した罪、檻《おり》のなかで購《あがな》わせてやるよ」

リーヤンの笑《え》みがますます深くなる。

「いいでしょう、やってみせてください！」

そして彼は懐中電灯を放《ほう》り捨て、両のポーチに手を突っ込んだ。

ばらまかれる大量の紙片《しへん》。

『有事千変万化《ゆうじせんぺんばんか》、無事速去速来《ぶじそっきよそくらい》！』

リーヤンが呪文《じゅもん》を唱えると、紙片はバタバタと音を立て、俺の周りを取り囲んだ。白紙が舞い踊《おど》り、俺の視界を埋《う》め尽くす。

『申せば恐《おそ》れなり――』

白塗《しろぬ》りの世界に、凜《りん》とした声と柏手《かしわで》を打つ音が響《ひび》いた。

『申さいでわ、もらいとて、地にてかすみもかからん、天にて、くもりも候《そうら》わん、天神七代《てんじんしちだい》、地神五代《じじんごだい》、そより其後《そのの》ち、釈迦如来《しゃかにょらい》、仏の御世《みよ》が始まり申したが――』

千夜が高らかと呪文を読み上げる。その響きと反比例するように紙片がハラハラと地に落ちていった。

視界がクリアになり、俺は迫《せま》りくる、五体の猫鬼の存在に気付いた。どうやら紙片の濁《だく》流《りゅう》に紛《まぎ》れ込んでいたらしい。

猫鬼の殺到《さっとう》に気付いた俺は、咄嗟《とっさ》に右斜め後ろに跳《と》ぶことで回避《かいひ》を図《はか》った。猫鬼たちは直前まで俺がいた場所に爪《つめ》を振るう。

千夜のおかげで、俺は間一髪《かんいっぱつ》で猫鬼たちの爪を避けることができた。

「いざなぎ流の『祭文《さいもん》』――呪詛《じゅそ》鎮《しず》めの呪文ですか。ワタクシの呪力を軽減させるとは、やっかいな代物《しろもの》ですねぇ」

千夜の周りには、切り折りした紙で形作られた人形が漂《ただよ》っている。人形には青白い明かりが灯《とも》され、千夜を中心としてクルクル回っていた。

おそらくあの人形は、千夜の魔術に用いる呪物だ。

「ではまずは依頼をこなすとしましょうかぁ！」

リーヤンが楽しげに喉《のど》を鳴らして右手を振る。

その動作に従うように、猫鬼たちが一斉《いっせい》に千夜を見据えた。猫鬼たちは狙いを千夜に変えたんだ。

『仏が申され様《よう》にわ、大地に子と言ふ文殊《もんじゅ》ないよのおと申せば、げげ百性殿《どの》が、申され様に、養子《ようし》買子《ばいし》おするると申すが、おぢのだいばん殿およおそくしたれば――』

猫鬼たちのターゲットにされてもなお、千夜に呪文を途切《とぎ》れさせる素振《そぶ》りはない。

俺には、千夜が少しでもリーヤンの力を削《そ》ごうとしているのがわかった。リーヤンの呪力を減衰《げんすい》させることで、俺に有利な状況《じょうきょう》を作ろうとしてくれている。

猫鬼たちが千夜に飛びかかるが、それでも彼女は微動《びどう》だにしない。

千夜は、必ず俺が助けてくれると信じているんだ。

だから応《こた》える。

俺は右人差し指に魔弾《まだん》を装填《そうてん》した。人差し指の先が闇《やみ》色に染まる。

闇色に染まった人差し指を猫鬼に向け、俺は魔弾を放った。

『ギャッ!!』

『ギャウンッ!!』

放たれた魔弾は蛇行《だこう》しながら猫鬼を次々と仕留めていき、

『フギャアッ!!』

五つの断末魔《だんまつま》を作り出した。

千夜の呪文で弱体化した猫鬼には、魔弾一発でおつりがくる。一撃《いちげき》でまとめて五体、猫鬼たちが靄となり消えた。

「やってくれますねぇ！」

リーヤンの声にはかすかな苛立《いらだ》ちが混じっていた。

俺は反撃《はんげき》の狼煙《のろし》を上げる。

「次はこっちの番だ！　リリス！」

「はい、ジョゼフくん」

実体化したリリスが軽い音を立ててアスファルトに下り立った。

俺はリリスの顎《あご》をクイッと上げて唇《くちびる》を塞ぐ。ニュルリと舌を侵入《しんにゅう》させ、リリスの歯をなぞり、舌を絡《から》め、唾液《だえき》をすする。

「んふぅ……うぅ……ん」

俺はリリスの唇をネロリと舐め、それを仕舞いとして唇を離《はな》した。

「んふ……ジョゼフくんの味♥」

リリスが俺の残した唾液を味わうように舌舐めずりして、恍惚《こうこつ》とした囁《ささや》きを漏《も》らす。

リリスの昂《たか》ぶりが繋《つな》がりを生み、俺は召集《しょうしゅう》した。

『底無しの淵《ふち》の王よ！　破壊《はかい》集団の長よ！　天より堕ちてその扉《とびら》を開けよ！』

俺の背後に異形の影《かげ》が現れた。

『第二の魔将《デーモン》、アバドン！』

《破壊者《はかいしゃ》》の異名を持つその魔将は、イナゴの体にサソリの尾《お》を持っていた。

長い髪《かみ》を生やした人頭は金の冠《かんむり》をいただき、その口からは獅子《しし》の牙《きば》がのぞいている。

鉄の胸当てをしたその悪魔《あくま》は、ガラガラと地を鳴らす車輪のような羽音を立て、錆《さ》びついたノコギリを擦《こす》り合わせるようないななきを上げた。

『GYYYYYYYAAAAAAAAAAAAAAHHHH!!』

その名は『アバドン』――世界の終わりに際《さい》し、五番目のラッパの音とともに現れるとされる《イナゴの王》。害悪と不和、戦争と破滅《はめつ》をもたらす破壊の王だ。

俺の紫色《むらさきいろ》の魔力《まりょく》がアバドンの幻影《げんえい》を取り込み、爆発的《ばくはつてき》に膨《ふく》れ上がる。

俺が両腕を広げると、紫の魔力は人魂《ひとだま》のようにふわりと宙に浮かんだ。

「『アバドンの軍勢』」

紫の人魂がかたちを得る。具現化されたのは、夥《おびただ》しい数のイナゴだった。

イナゴたちは重騎兵が鎧《よろい》を鳴らすような羽音とともに飛び交《か》っている。

このイナゴはただのイナゴじゃない。すべてを喰《く》らい尽くす『暴食蟲《ぼうしょくちゅう》』だ。

その様がもたらす感情は恐怖《きょうふ》そのもの。アバドンは、古代の人々が抱《いだ》いたイナゴへの恐れを体現する魔将なんだ。

今宵《こよい》、その恐怖の標的とされたのは、違法魔術師ハク・リーヤン。

「あなたが罪なき人々に味わわせてきた恐怖、いまこそ体感しろ！　いけ、『アバドンの軍勢』‼」

リリスが姿を消し、俺は暴食蟲の群れに指示を下した。俺の命に従い、『軍勢』は弾幕《だんまく》を張るかのようにリーヤンへ殺到する。

『でいでい。はらいそはらいそ』

対し、リーヤンは地に両手を突いておどろおどろしい声で呪文を唱えた。

地の底から這い出るように蝦蟇《がま》が姿を現す。人間でさえ一のみできそうなほど巨大《きょだい》な、泥《どろ》色の表皮に毒々しいイボを浮かべた化け蛙《かえる》だ。

「やりなさい！」

リーヤンの指令が飛び、出現した蝦蟇はぷくりと頬《ほお》を膨らませ、『軍勢』に向けて口を開いた。

蝦蟇の口から紫色の炎《ほのお》が吐き出され、『軍勢』に襲いかかる。暴食蟲の群れが、一匹《ぴき》、また一匹と焼き葬《ほうむ》られていった。

だが、多勢に無勢も甚《はなは》だしい。

『軍勢』はリーヤンと蝦蟇を取り囲み、渦《うず》を巻くように旋回《せんかい》した。

まるでモスグリーンの竜巻《たつまき》だ。数の暴力をもって『軍勢』が蝦蟇の表皮を削り取り、リーヤンに擦り傷を負わせていく。

「ちぃぃっ‼」

対応に追われるリーヤンが舌打ちした。

リーヤンは『軍勢』に四苦八苦している、攻《せ》めるならいましかない。

判断を下し、俺は右人差し指に魔弾を装填する。

異変を感じたのはそのときだ。

妙《みょう》に体が重い。まるでセメントを体内に注ぎ込まれているようだ。

いくら力を込めても異常は収まらなかった。むしろ悪化の一途《いっと》をたどり、俺の動きはどんどん緩慢《かんまん》になっていく。

（なにが起きている……⁉）

目を剥《む》くこともできず、俺は眼球の動きのみでリーヤンを見据えた。

警備服と皮膚《ひふ》をボロボロにされながら、リーヤンはニヤリと口端《こうたん》を歪める。

「ようやく効いてきたようですねぇ」

まさか、リーヤンはあらかじめ、俺に呪いを掛けていたのか？

だとしたら、いつ、どこで、どうやって⁉

もはやまともに動かせるのは眼球のみだ。俺は視線を巡《めぐ》らせて校庭を見渡《みわた》す。

注意深く探《さぐ》ると、左斜め前方に、黒い靄をかすかにまとう小石を見つけた。

あれは蠱毒を仕込んだ石『石蠱《せきこ》』だ。

なぜあんなところに石蠱があるんだ？

必死に頭を働かせ、俺はハッとした。

あの場所は戦闘前に俺が立っていた場所。猫鬼に襲われた場所だ。

その際、猫鬼は俺のコートを斬り裂いているため、あそこにはコートの切れ端が落ちている。

コートは俺が身につけていたものだから、その切れ端は俺に対して影響力を持つ。

すなわち、感染《かんせん》の法則。リーヤンは石蠱でコートの切れ端を押《お》さえつけることで、俺の動きを封《ふう》じたんだ。

おそらく、紙人厭魅《えんみ》で俺の視界を奪《うば》っているあいだに仕込んだんだろう。恐ろしいまでの手《て》際《ぎわ》だ。

血《ち》塗《まみ》れになったリーヤンが右腕《みぎうで》を一振りすると、三体の猫鬼が現れた。猫鬼たちは金縛《かなしば》りにあった俺めがけ、一目散に迫ってくる。

（呪いの源は石蠱がまとっている呪力だ。なら、それを上回る魔力を捻《ひね》り出して呪いを弾《はじ》く！）

俺が魔力を錬《ね》りはじめたとき、柏手の音が広がった。

『切ったそ八幡《やわた》ちけんにそばか、いんで又立《またたち》をぬいたぞ、七へんきったぞ、ちけんにそばかと切ってはなす！』

再び柏手が鳴り響くと、千夜の周りをクルクルと回っていた、青白く光る人形のひとつが、射られた矢のごとく一直線に空を走った。

青白い閃光《せんこう》が石蟲に命中し、粉々に弾き飛ばす。

瞬間《しゅんかん》、石化したようだった俺の体が、嘘《うそ》みたいにフッと軽くなった。

俺が驚愕《きょうがく》した目を向けると、千夜はお茶目《ちゃめ》にウインクを寄こす。

そうか、千夜は俺の異変に気付き、リーヤンが掛けた呪いを解いたんだ。

千夜、レイア、円香との勉強会で、俺は呪いの解決法についてレクチャーした。呪いを解くには原因究明が大切だと。

千夜は俺の教えに従って石蟲を見つけ、呪いの原因だと察し、呪力を吸いとった人形を用いて破壊したんだ。

流石《さすが》は学年一位の優等生、のみ込みが違《ちが》う。

「一〇〇点満点だ、千夜！」

俺は牙を剥くような笑みを刻み、飛びかかってきた猫鬼たちに今度こそ魔弾を放った。

弧《こ》を描《えが》いた魔弾は一息に猫鬼たちを撃ち抜き、勢いそのままにリーヤンへ向かう。

リーヤンは左に跳んで回避を試みるが、その程度で魔弾を出し抜けるはずもない。

魔弾がリーヤンの右手に風穴を開ける。

「あぐぁあああああっ!!」

リーヤンが苦悶《くもん》し、鮮血が散った。

「その手じゃまともに魔術を扱《あつか》えないだろう、大人しく降参しろ！」

化け蛙も『軍勢』に食いつかれて動きを止めている。

俺はリーヤンを指差して投降を促《うなが》す。

リーヤンは右手を押さえ、顔中に脂汗《あぶらあせ》を浮かべながらも、不気味な笑みを崩《くず》さなかった。

「いえいえ、まだ早すぎますよぉ。ワタクシには奥《おく》の手《て》があるのですからねぇ！」

『軍勢』が殺到するなか、リーヤンが声高らかに宣言すると、彼の周りに、深淵《しんえん》にも似た、深くおどろおどろしい漆黒《しっこく》の靄が漂った。

「あれは……？」

「起屍鬼《きしき》です、先生！　わたしたちが襲われたときも、あのどす黒い靄が現れました！」

国際法で禁じられた外法《げほう》により生み出された、人間の死霊《しりょう》を素体とする蠱毒、起屍鬼。

その力は、『モレクの炎剣《えんけん》』をもってしてもあしらいきれない。手こずることは間違いないだろう。

「大丈夫だ、必ずなんとかする」

だが対処できないわけじゃない。モレク以外にも有力な魔将はいるし、まだ残っている『軍勢』が多少なりともダメージを与《あた》えてくれるだろう。

俺は冷静に分析《ぶんせき》しながら戦況《せんきょう》を見守る。

バチバチと、なにかが弾けるような音がしたのは直後だった。

なにかが靄のなかで起きている？

怪訝に思い俺は眉《まゆ》をひそめた。黒い靄が集束していく。

「——なっ⁉」

その様を目の当《ま》たりにして俺は絶句した。

見開いた俺の目に映るもの。それはリーヤンの周囲に立つ起屍鬼たち、六体ののっぺらぼうだった。

リーヤンを守るように円陣《えんじん》を組んだ起屍鬼たちは、目にもとまらぬ速さで腕を振るっている。

飛来する『軍勢』は、黒くしなる起屍鬼の腕に次々と叩《はた》き落とされていった。先ほどの破裂音《はれつおん》は、暴食蟲たちが潰《つぶ》される音だったんだ。

立ち尽くす俺と千夜の前で、最後の暴食蟲が弾け飛ぶ。

壮絶《そうぜつ》な魔術戦の結果、その場に残ったのは俺、千夜、リーヤン、そして六体の起屍鬼だった。

「ここまでワタクシを追い詰めたのはアナタたちがはじめてですよぉ。健闘《けんとう》を讃《たた》え、いいものをお見せしましょう」

呆然《ぼうぜん》とする俺たちを満足そうに眺《なが》めながら、リーヤンが左指をパチンッ、と鳴らした。

それを合図としたように、起屍鬼たちがリーヤンの前に歩み出て——いきなりその一体が、隣《となり》に立つ起屍鬼に腕を叩き付けた。

殴打《おうだ》された起屍鬼の一部が、かじり取られたようにごっそりと削られる。

「なにを、している⁉」

俺はうめくように叫《さけ》び、千夜は両手で口を覆《おお》った。

起屍鬼たちが互《たが》いに腕を振り回し、叩き付け、組《く》み伏《ふ》せ合っている——起屍鬼たちは殺し合いをはじめたんだ。

「起屍鬼とは蠱毒の一種。人間の死霊の怨念《おんねん》を凝縮《ぎょうしゅく》することで、強力な呪詛《じゅそ》を作り上げる呪術《じゅじゅつ》です」

起屍鬼が一体、また一体と減っていく。

「ところで、蠱毒の製法のひとつに『共食い』があることをご存知《ぞんじ》ですかぁ？　これは毒虫を強制的に殺し合わせ、怨念を極限まで高める方法です。いま起屍鬼たちにやらせているのはその応用ですよぉ」

俺は戦慄《せんりつ》した。

「まさか……起屍鬼同士の殺し合いによって、より強力な起屍鬼を生み出そうとしているのか⁉」

答えの代わりというようにリーヤンがニタリと笑う。

残った二体の起屍鬼。その一体がもう一体の起屍鬼に捻り潰された。

「さあ、ここからがショータイムです！」

生き残った起屍鬼の体がボコボコと歪み、膨張《ぼうちょう》し、変貌していく。伸び上がり、膨れ上がり、巨大化《きょだいか》していく。

「させるかっ‼」

言い知れない危険を感じ、俺は右の人差し指と中指に魔弾を装填し、二点バーストのごとく撃《う》ち放った。

指先から飛びだした二発の魔弾は巨大化する起屍鬼へと迫り、

「無駄」

その両腕《りょううで》に握り潰される。事もなげに魔弾が防がれ、俺は言葉を失った。

起屍鬼の変貌はなおも続いた。

起屍鬼の両肩《りょうかた》から二本の腕がズルリと生える。続けて両脇《りょうわき》からも二本。

のっぺらぼうの側頭部がメキメキと軋《きし》み、左右からふたつの無貌が顔を出した。

そしてついに起屍鬼の変貌が終わりを迎《むか》える。

完成したのは身《み》の丈《たけ》五メートルはあろうかという巨人《きょじん》。三面六臂《さんめんろっぴ》のその姿は、『阿修羅《あしゅら》』と呼ぶに相応《ふさわ》しい。

『オオォォォォオォォォォォォォォオォォォォォォ…………ッ‼』

阿修羅が怨嗟《えんさ》のような雄叫《おたけ》びを上げ、右三本の腕に拳《こぶし》を作った。

拳が豪速《ごうそく》をもって振り下ろされる。異常な速度が大気を爆《は》ぜさせ、衝撃波《しょうげきは》を含《ふく》んだ轟音《ごうおん》が鼓膜《こまく》に襲《おそ》いかかってきた。

俺の眼前に叩き付けられる、隕石《いんせき》の如き三つの拳。爆発《ばくはつ》するかのように砕《くだ》け散るアスファルト。

「くぅうううあああああああああああああああああっ!!」

豪腕《ごうわん》が生み出した衝撃《しょうげき》は暴風となって俺を襲った。

直撃《ちょくげき》を免《まぬが》れながらも俺の体は後方に吹《ふ》き飛ばされる。方向を奪われる視界。体中に走る鈍痛《どんつう》。

二転三転と地面を転がった俺は、気付くと仰向《あおむ》けになっていた。夜空を見上げながら、俺は苦悶の息を吐《は》く。

口のなかを切ったのだろう。錆びた鉄のような味がする。

「先生っ!!」

咳《せ》き込む俺のもとに千夜が駆け寄ってきた。

「大丈夫ですか⁉」

「……流石に、シャレにならないな……!!」

差し伸べられた手を取って、俺はなんとか立ち上がる。口角に、自棄《やけ》になったような笑みが浮かんだ。

あの阿修羅は規格外すぎる。放たれるオーラが尋常《じんじょう》じゃない。邪悪醜悪極悪凶悪《じゃあくしゅうあくごくあくきょうあく》最悪。

あれを蠱毒と呼んでいいのだろうか？　呪詛と呼んでいいのだろうか？

あんなふざけた呪術があったのか。少なくとも、具現化した魔将の力では敵《かな》わないだろう。化け物という言葉が優《やさ》しく聞こえるほどだ。

「──先生」

千夜が固い声で俺を呼んだ。見ると、彼女の漆黒の瞳《ひとみ》には決意の色が宿っていた。強い覚悟が浮かんでいる。

その眼差《まなざ》しを受け、俺は千夜が伝えたいことを理解した。

俺は千夜を見つめ返し、ただ一言。

「無茶《むちゃ》するなよ？」

「はい！」

俺は千夜の頬に手を添《そ》えた。

触《ふ》れられた頬を赤らめつつ、千夜が静かにまぶたを伏せる。

《愛》をもって関係を結ぶリリスの力により、セックスをした俺と千夜のあいだには繋がりができている。

その繋がりに意識を集中し、俺は朗々と唱えた。

『子どもたちよ、汝《なんじ》らに告げよう！　ベリアルは従う者に剣《けん》を与える！　その剣は七つの悪！　妬《ねた》み、破壊、患難、捕囚、欠乏《けつぼう》、混乱、荒廃《こうはい》なり！　心はベリアルを通し理解する！』

千夜に顔を近づけ、唇で唇を塞《ふさ》ぐ。

「んっ」

千夜の唇を舌でこじ開け、唾液とともに魔力を送り込んだ。

唾液と魔力の混合物を飲み干し、千夜がビクビクと体を痙攣《けいれん》させる。

体内に送り込んだ魔力を呼び水にして、俺は千夜に魔王《まおう》の力を降ろす。

「んっ！　……うううううううううっ♥」

千夜との繋がりによって俺は把握した。いま、千夜の体には、彼女を選んだ魔王から供給される莫大《ばくだい》な魔力が流れ込んでいる。

それはオーラとなって溢《あふ》れ出した。千夜を包む赤黒い陽炎《かげろう》。血ヘドのようにどす黒い、禍々《まがまが》しいまでの魔力の奔流《ほんりゅう》。

次の瞬間、千夜の衣服が霧散《むさん》した。

露《あら》わになった千夜の裸体《らたい》。その胸には、炎を模したようなアザが浮かんでいる。

そのアザこそが、俺《おれ》の従者になったことで刻まれた、『魔王の紋章《もんしょう》』だ。

『紋章』が輝《かがや》きを放つ。輝きは粒子《りゅうし》となり、千夜を魔王の姿へと変えていった。

千夜の裸体を包むように現れたのは、鮮血色の競泳水着に似た衣装だ。

手足にはそれぞれ、鎖《くさり》が巻きついた漆黒のガントレットとブーツが装着される。

両肩から足下《あしもと》にかけて、虚空《こくう》より生まれた奈落《ならく》色のマントが広がった。

頭の左右に、山羊《やぎ》のそれに似た血染めの角が生え、千夜の変容は完了《かんりょう》した。

唇を離す。

俺と千夜のあいだに唾液の橋が架《か》かった。

千夜を選んだ魔王の名は『ベリアル』。

ユダ王国の一五代目、マナセ王に取り憑《つ》き、妖術《ようじゅつ》や魔法《まほう》を伝えたとされる大悪魔。神の信徒を迫害《はくがい》し、偉大《いだい》なる預言者イザヤの殺害にも加担した、神の対極たる《悪》の根源。

『オオオオォォォオオオォォォオオォォオオオォォォォォ……………ッ!!』

大気を焦《こ》がすほどの魔力を迸《ほとばし》らせる千夜に、阿修羅が左の最上腕を振り上げた。放たれる振り降ろしの一撃は、さながら鉄槌《てっつい》のようだ。

対し、千夜は恐れることなく歩を進め、ス、と右手を静かに掲《かか》げた。その手のひらから漆黒の爆炎が放たれる。

ベリアルは、ソドムとゴモラというふたつの町の住民を狂《くる》わせ、滅《ほろ》びをもたらした。千夜が放った黒い炎は、ベリアルの《滅び》の概念《がいねん》そのものだ。

戦艦《せんかん》の大砲《たいほう》が火を吹いたような轟音。

千夜が放った滅びの炎と、阿修羅の放った破壊の鉄拳《てっけん》が衝突《しょうとつ》した。

『オオオォォォオオオォォォオオオォォォォオオオ……………ッ!!』

苦悶の叫びを上げたのは阿修羅のほうだった。

阿修羅の左最上腕は肘《ひじ》から先が消し飛ばされている。滅びの炎に腕をもがれ、阿修羅が体をのけぞらせた。

「なんとっ!!」

リーヤンが驚愕し、極細《ごくぼそ》の目をカッと剥いた。

「動かないで」

千夜がリーヤンに右手を向ける。

「勝負はついたわ。あなたの起屍鬼では魔王の力に敵わない。ベリアルの炎はあなたの企《たくら》みなどすべて消し飛ばすでしょう」

千夜の声はどこまでも冷え冷えとしていた。

「大人しく投降しなさい」

リーヤンは答えない。阿修羅の苦痛の咆哮《ほうこう》すら無視して、ただ千夜のことを注視していた。

値踏《ねぶ》みするような目をしながら、沈黙《ちんもく》することおよそ一〇秒。

「──くくっ……くくくくっ」

リーヤンが口角をつり上げて不気味な笑声《しょうせい》を発する。

「なにがおかしいのかしら?」

「物部千夜、ワタクシが憎《にく》いのですねぇ?」

千夜の肩《かた》がピクリと動いた。

「アナタの目が物語っていますよぉ。底冷えするように冷たく、暗く濁《にご》りきった憎悪《ぞうお》の眼差しが」

しばしの無言のあと、千夜が口を開く。

「そうよ。わたしはあなたが憎い」

「そうですよねぇ? ワタクシはアナタの家族を呪《のろ》った張本人なのですから。いかがでしたかぁ? 父が、母が、祖父母が苦しむ様は」

「黙《だま》りなさい!!」

「千夜っ!!」

千夜の肩が怒《いか》りに震えている。危険だと察し、俺は咄嗟に叫んだ。

「ダメだ、千夜。きみはその男のようになってはいけない。彼《かれ》の罪は法が裁く。だから、やめるんだ」

このままリーヤンを殺してしまうんじゃないかと思うほどの怒気《どき》が、千夜から放たれていた。

「わかっています先生。先生にこの男を殺《あや》めるつもりがないのなら、わたしはそれに従います」

『従う』という千夜の答えを聞いて、俺の背筋を冷たいものが走る。なぜならその表現は、本心は違うことを意味するからだ。

千夜は、できるならいますぐリーヤンを焼き滅ぼしたいと思っている。

「物部千夜、アナタは魔王の力を用いているそうですねぇ？　『降神術』の魔王版といったところでしょうかぁ？」

一触即発《いっしょくそくはつ》のムードが漂うなか、それでもリーヤンは笑みを保っていた。

「無理をするものですねぇ。魔王の力など、人間の手に余るものなのに」

リーヤンはなにを狙《ねら》っているんだ？　どうしてここまで千夜を挑発《ちょうはつ》する？

俺は警戒《けいかい》を強めた。

「なにが言いたいのかしら。時間稼《かせ》ぎのつもり？」

「いえいえ」

リーヤンの笑みが一層深まる。

「逆転への布石です」

『オオォォオオオォォォォ………』

直後、雄叫びを上げ、阿修羅がその姿を歪めた。

「なにをいまさら!!」

千夜が阿修羅に右手を向けて、再び漆黒の爆炎を放つ。

滅びの炎が阿修羅をのみ込み姿をかき消すが、すべてが無に帰すことはなかった。

「この靄は、なに？」

滅びの炎のなかから溢れ出す、深淵色の揺《ゆ》らめき。毒霧《どくきり》のようなその靄は、起屍鬼が出現する際に生じたものと似ていた。

「これは《怨恨《えんこん》》——蠱毒を形作る恨《うら》みの力。呪力の源です。力にかたちはありませんから、アナタの炎でも滅ぼすことはできません。生憎《あいにく》、アナタを傷付けることも敵いませんけどねぇ」

「なにをするつもりだ、リーヤン!!」

俺はリーヤンの奇行《きこう》に声を張り上げた。

明らかにおかしい。

リーヤンは自ら奥の手である阿修羅を手放した。現状で攻め手を失えば、待っているのは敗北なのに。

つまり、リーヤンはまだ諦《あきら》めていない。なにか悪辣《あくらつ》な一手を指そうとしている。

「こうするのですよぉ」

靄《もや》が羽虫のように空を覆った。

「くっ⁉」

千夜が業火を撃ち出す。

しかし、靄は滅びの炎をものともせずに千夜へ殺到し、彼女の体を覆った。

「い……いやあああぁぁぁあああぁぁああぁぁぁぁああああっ‼」

「千夜っ⁉」

途端《とたん》、千夜の絶叫《ぜっきょう》が響き渡《わた》った。

悲鳴を上げ続ける千夜に、俺は焦燥《しょうそう》に駆《か》られる。

なんだ⁉　千夜はなにをされた⁉　あれは呪力の源で攻撃力《こうげきりょく》なんてないはずだ。なのに、なぜ千夜は苦しんでいる⁉

「千夜になにをしたぁあああああああああああああああああああああああっ‼」

「くくっ……ただ怨嗟の声を聞いてもらっているだけですよぉ」

「怨嗟の声、だと⁉」

俺が睨《にら》みつけても、リーヤンは相変わらずニマニマと不気味に笑っていた。

「怨恨とはすなわち《憎悪》。起屍鬼六体分の憎悪が物部千夜に囁いているのです。さて、その声を耳にして彼女は耐《た》えられるでしょうかぁ？　魔王の力などという、無茶苦茶《むちゃくちゃ》な力を制御《せいぎょ》している彼女に」

「先、生……」

リーヤンの問いに対する答えは千夜の様子が物語っていた。頭を抱《かか》え、千夜が苦しげにうめく。

「頭のなかで……殺せ……殺せ……殺し尽《つ》くせ……って……」

「千夜っ!!」

「おかしくなりそう……気が、狂いそう……っ!!」

俺は息をのんだ。

千夜の憎しみが昂ぶりすぎたからか？　魔王から与えられる膨大《ぼうだい》な魔力は、それだけで精神を消耗《しょうもう》させる。そこに凝縮された怨恨が注ぎ込まれ、千夜の精神が崩壊《ほうかい》しそうになっているのか？

俺は察した。リーヤンが千夜を挑発していたのはこのためだったんだと。憎しみを増長させることで、千夜の正気を奪おうとしていたんだと。

「リーヤン！　あなたはベリアルの力を暴走させるつもりなのか!?　そんなことをして無事で済むと思っているのか!!」

千夜の気が触れたとき、待っているのは魔王の力の暴走だ。ソドムとゴモラを滅ぼすほどの力が無差別に放たれたら、この場にいるもの——いや、この一帯が消し飛んでしまうだろう。

「思っていません」

それでもリーヤンが言い切った。

「先ほどの状況ではワタクシの勝ちはありませんでした。ですが物部千夜を狂わせれば、生き延びることができるかもしれない。現にアナタは、悩《なや》み迷い苦しんでいるじゃないですかぁ」

「————っ!!」

「ジョゼフ・グランディエ。ワタクシの生きる世界は常に死と隣《とな》り合わせなのです。リスクを負わなくては生き残れないのですよぉ」

俺は歯をギリリと軋らせる。

甘《あま》かった。違法魔術師《いほうまじゅつし》であるリーヤンが生きてきた世界では死が当たり前。だからこそ彼は、生き残るためならなんだってするんだ。

たしかに俺たちはリーヤンを追い詰《つ》めた。

だが。いや、だからこそリーヤンは博打《ばくち》に及《およ》んだ。千夜の力を暴走させることで戦況をリセットし、一《いち》か八《ばち》か、生きるか死ぬかの勝負に持ち込んだんだ。

「に……げて……先生」

焦《あせ》りを覚える俺の耳に、千夜の掠《かす》れた声が届く。

彼女《かのじょ》の体から迸る魔力は、いまや天を焼き焦がさんとばかりに荒《すさ》ぶっていた。

「抑《おさ》え、切れない……このままじゃ……先生、まで……っ」

「千夜、気をたしかに持て!! 俺が逃《に》げられるはずないだろ!? きみを見捨てることなんてできるか!!」

「ダ、メ……いやぁ……わ、たし……先生を……傷付けたく、ないぃ……っ」

千夜が自分の体をかき抱《いだ》く。

苦しげに喘《あえ》ぎガクガクと身震《みぶる》いする千夜は、涙《なみだ》に濡《ぬ》れた悲愴《ひそう》な顔を俺に向けた。

「わたし、を……止めてっ!!」

千夜が懇願《こんがん》する。

「撃って!! ……わたしを、殺して……っ!!」

頭から冷水を浴びせられた気分だった。

俺は思い起こす。今日使った魔弾は五発。

あと一発、残っている。

「まだ……抑えられる、から……まだ、間に合うから……っ!!」

だから撃て？

わたしがベリアルの力を抑えているあいだに殺して？

わたしを殺して先生は生き延びて？

千夜、きみはそう言ってるのか？

なら、もう一度伝える必要があるな。

「千夜、俺は言ったぞ？　俺ときみは運命共同体だと」

「先、生……」

「俺はきみを守る。きみを助ける。きみを救う。なにがなんでも、どんなに無茶と言われても――きみは、俺の大切な恋人《こいびと》なんだから」

ボロボロと涙をこぼす千夜に微笑《ほほえ》んで、俺は呼んだ。

「リリス！」

育ての親であり、姉のような存在であり、いつだって俺を助けてくれる女《ひと》の名を。

ふわり

リリスが目の前に現れ、俺の首に腕《うで》を回した。
「ええ。ジョゼフくんの気持ち、わかっているわよ？」
そして唇が重ねられる。リリスからの口付け。掠めるような儚《はかな》いキス。
「ふふっ。妬《や》けちゃうわね」
リリスが浮《う》かべる微笑みが寂《さび》しそうで、俺は目を見開いた。
彼女は再び霊体《れいたい》となって姿を消す。その先に見えるのは、苦しみ続ける千夜だった。
「――ありがとう、リリス」
俺は静かに呟《つぶや》く。
直後、リリスの想《おも》いが俺と魔将を繋げた。
『霊魂《れいこん》いざなう神の叛逆者《はんぎやく》よ！　我に月光の秘密を教え給《たま》え!!』
俺が高らかに叫ぶと、闇夜《やみよ》に黒い羽が散った。
背後に浮かぶ幻影は、巨大な鍵《かぎ》を手にした黒翼《こくよく》の堕天使《だてんし》だ。
『第三の魔将《デーモン》、サリエル!!』
『OOOOOOOOOHHHHHH……AAAAAAAAHHHH………!!』
ひずんだ賛美歌のような慟哭《どうこく》が夜を震《ふる》わせる。
出現したのは、霊魂と月を支配する魔将『サリエル』だ。

俺はサリエルの力を取り込みながら、アスファルトを蹴《け》って駆けだした。

「ダメぇぇぇぇぇぇぇぇぇぇぇぇぇぇぇぇぇぇぇぇぇえっ!!」

絶叫する千夜の体を黒い炎が包む。ベリアルの魔力を抑え切れなくなり暴走をはじめているんだ。

「千夜ぉおおおおおおおおおおおおおおおおおおおおおおおおおおおっ!!」

俺は千夜へ両腕を伸《の》ばした。

黒い炎が両腕を焼く。千夜が精一杯制御《せいいっぱいせいぎょ》しているが、炎は滅びの概念すら宿している。コートとスーツがボロボロと崩れ、神経を直接ヤスリで削《けず》られるような苦痛が、俺の脳を侵《おか》す。

「おおおおぉぉぉおおぉぉぉおぉぉぉおおおおおおぉぉぉぉぉおおおおおおっ!!」

激痛に苛《さいな》まれるなか、それでも俺は腕を伸ばし、千夜の両肩をつかんだ。

叫ぶ。

「『サリエルの黒翼』っ!!」

俺の背中から闇夜色の両翼《りょうよく》が生え、羽毛《うもう》が夜空を舞《ま》った。

舞い散る羽毛は仄白《ほのじろ》い明かりを灯《とも》し、黒い炎を取り囲む。

サリエルが支配する《月》は、古来より魔力《まりょく》を司《つかさど》る。

そのため『サリエルの黒翼』には、魔力の流れを操《あやつ》る能力が宿っている。

もちろん魔王クラスの魔力をせき止めることなど不可能だが、それでも俺にはできることがあった。

「千夜、きみを独りになんてしないっ!!」

それは千夜の苦しみを受け持つことだ。

羽毛が灯していた灰白い明かりが、赤黒く変色していった。

血へドのようなその色の正体は、千夜から吸いとられたベリアルの魔力だ。

「来い！」

俺が指示すると、羽毛が灯す赤黒い明かりが放たれ、『黒翼』に吸い込まれていった。

俺は『黒翼』を通じ、千夜が抑え切れない魔力を自分に移したんだ。

途端、ズシン、と重圧が俺を襲う。

「ぐぅぅうぅうぅうぅうぅうぅうぅぁぁあぁあぁあぁあぁあぁあぁああああっ!!」

本来、俺はベリアルの器じゃない。俺にとって、ベリアルの魔力は毒以外のなにものでもなかった。

黒炎《こくえん》がもたらす痛みに魔力の負荷《ふか》が加わる。

激痛と鈍痛と悪寒《おかん》と熱感が混じり合った、この世のものとは思えない苦しみに、俺の意識が飛びかける。

「先生っ!!」

「千夜……大丈夫《だいじょうぶ》だ！　いま、助ける……!!」

それがなんだってんだ!!　千夜はそれ以上の壮絶な苦しみを味わってんだぞ!?

一番大切な人を殺してしまう恐怖《きょうふ》！

一番大切な人に殺されなければならない絶望！

そんな想像だにできない苦悩《くのう》に千夜は苛まれてんだ！　この程度の苦痛に耐えられねぇでどうすんだよ!!

俺にはあんだろうが、母さんから受け継《つ》いだ《魔帝《まてい》の素質》が！　悪魔《あくま》を統《す》べる権限が！

ベリアルの力ごときねじ伏せられねぇで、魔帝になるなんてほざいてんじゃねぇぞ!!

「千夜、恨みを持つのは当然だ！　リーヤンを憎いと思うのは仕方ない！」

「先、生……」

「だが、きみが人殺しになっちゃいけない！　きみは幸せにならないといけないんだ！

リーヤンのせいできみの人生が狂っちゃいけないんだよ！　だから、救う！　俺は千夜を救うぞ、絶対にだ！　きみの悲しみも辛《つら》さも憎しみも、全部、俺が拭《ぬぐ》ってやる!!」

だから、ベリアル！　俺の言うことを聞きやがれぇえええええええええええっ!!

轟々《ごうごう》と音を立てていた黒炎が、勢いを衰《おとろ》えさせていく。夜空まで焼き尽くそうとしていた業火は徐々《じょじょ》に鎮《しず》まり、辺りに静寂《せいじゃく》が戻《もど》ってきた。

千夜の頬《ほお》を伝った涙がアスファルトにこぼれ落ち、ジュ、と蒸発した。

「先生……わたしっ」

「泣くなよ、千夜」

俺は千夜の腰《こし》に腕を回して抱《だ》き寄せる。ギュッと力強く抱きしめて、彼女の耳元で囁《ささや》いた。

「よく頑張《がんば》ったな」

「――――はいっ!!」

もう大丈夫だ、千夜。

「バカな……っ!!」

リーヤンが愕然《がくぜん》と声を上げる。

俺は千夜の左手を右手で取った。指を絡《から》め、腰を抱いたまま、千夜の瞳をのぞき込む。

「リーヤンを倒《たお》すぞ、千夜。これまでの罪を償《つぐな》わせ、悲劇に幕を引くためにだ」

黒真珠《くろしんじゅ》の双眸《そうぼう》は澄《す》んでいた。リーヤンを許せないことに変わりはないだろうが、千夜は憎悪に狂ってなどいない。

「あと少しだ、いけるな？」

「はい！」

俺と千夜は繋《つな》いだ手をリーヤンへ向ける。

「ぐぅ……『でいでい。はらいそはらいそ！』」

リーヤンが呻《うめ》きながら蝦蟇《がま》を喚《よ》び出した。

しかし恐《おそ》れることなんてない。俺たちは真《ま》っ直《す》ぐに敵を見据《みす》える。

「俺がここにいる」

「はい」

「だから心配いらない——いくぞ！」

「はい、先生！」

千夜の声にもう陰《かげ》りはない。精悍《せいかん》にして凛々《りり》しい声だった。

再び俺たちを包む赤黒い魔力。俺と千夜は、ベリアルの魔力をふたりで制御する。

「『ベリアル!!』」

俺たちの呼びかけに応じ、夜空から流れ星の如く黒炎が降り注いだ。

それはまるで、ソドムとゴモラを滅ぼしたとされる硫黄《いおう》の雨。

滅びの炎が降り注ぎ、リーヤンが喚んだ化け蛙《がえる》を焼き尽くす。

「があぁぁぁぁああぁぁぁぁああぁぁぁぁああああぁぁぁぁあああああっ!!」

リーヤンはその衝撃で吹き飛び、校庭に並ぶ木に打ちつけられた。

ドサリ、と、意識を失ったリーヤンが地に伏す。

校庭のアスファルトがドロドロに融解《ゆうかい》していた。いかにこの戦闘《せんとう》が激しかったのかを物語っている。

それでも俺たちは勝った。ハク・リーヤンを倒し、千夜の悪夢を終わらせたんだ。

✡　✡　✡

具現化を解除され、『サリエルの黒翼』が闇《やみ》に溶《と》けた。

千夜のまとっていた衣装も戻っていく。ベリアルを体現するコスチュームが粒子となって消えたあと、そこには私服姿の千夜が立っていた。

「頑張ったな、千夜」

俺は左手で千夜の頭を撫《な》でる。

「けど……先生が……」

その手はベリアルの炎の影響《えいきょう》で黒くただれていた。コートとスーツもボロボロになっている。

千夜の顔が悲痛に歪《ゆが》んだ。

「わたし、やっぱり先生を……ゴ、ゴメンなさ――」

「違《ちが》うだろ？　千夜」

俺は千夜の言葉を遮《さえぎ》る。

「俺が聞きたいのはそれじゃない」

俺が穏《おだ》やかに微笑むと、千夜の瞳からまた涙がこぼれ落ちた。

けれど、

「――ありがとう、先生！」

彼女が浮かべていたのは、眩《まぶ》しいばかりの笑《え》顔《がお》だった。

エピローグ

魔王と従者の朝

朝、目が覚めると、俺の頭は胸の谷間にうずめられていた。

何度注意してもやめてくれないから近頃《ちかごろ》は諦めかけているが、今日のリリスは一段と過激だった。

眠気《ねむけ》が一気に吹き飛ぶ。

なにしろ俺の目前、フワフワポヨンポヨンの白桃《はくとう》の頭頂部に、ベージュピンクの蕾《つぼみ》が色付いていたからだ。

ぷっくりと膨《ふく》れた輪郭《りんかく》がなんともいやらしい。劣情《れつじょう》に駆られ、俺の喉《のど》がゴクリと鳴った。

「ふふふふ……起きたかしら、ジョゼフくん？」

「リ、リリス？　なんでなにも着てないんだ？」

「このほうがその気になってくれると思ったの」

視線を上げると、リリスは陶然《とうぜん》とした笑《え》みを浮かべる。

「あぁ……ステキよ、ジョゼフくん。その獣欲《じゅうよく》に血走った目がたまらないわ」

「そそそりゃあ、ここまでされて欲情しない男はいないと思いますけど⁉」

「千夜《ちよ》ちゃんと恋人になったのに？　ジョゼフくんは意外と節操なしね？」

文字に表すと非難されているが、リリスの声色《こわいろ》は熱っぽく、喜びに蕩《とろ》けていた。

「ま、まあ、最低限の節操は必要だろうけど、いまはそっちの方向に進んだほうがいい気がするんだ」

顔をそらして照れ隠《かく》しする俺に、「どういうこと？」とリリスが首をかしげる。

「リリスに言われて思い知ったんだよ。リリスが、心から俺と結ばれたがっているってことを」

――ふふっ。妬けちゃうわね。

リーヤンとの一戦で、千夜を助けようと必死になる俺を見て、リリスは寂しげに微笑んだ。

あのとき思ったんだ。

リリスは、俺と千夜が恋人になって不安を感じているんじゃないか？　と。

俺が千夜に夢中になって、自分を放置しないかと、心配しているんじゃないか？　と。

もしかしたら、全裸《ぜんら》で俺を誘《さそ》ってきたのも不安の裏返しかもしれない。

振《ふ》り返ってみれば、俺はずっとリリスの想いを蔑《ないがし》ろにしてきた。

想いを拒《こば》まれるのは耐えがたいほど辛いものだ。俺はそのことを、受けいれてほしいと泣いて訴《うった》えてきた千夜に、教えてもらった。

だから俺は猛省《もうせい》したんだ。

俺はどれだけリリスを苦しめただろう？　いままで《愛》を拒絶《きょぜつ》されて、どれだけリリスは悲しんできただろう？

「いまはまだ、俺にとってリリスは、育ての親で姉みたいな存在だけど、想いには応《こた》えたいと思う」

俺は、日干しした布団《ふとん》みたいに温かい、リリスの体を抱きしめる。

「いつか異性として見られるように、女性としてリリスを愛せるようになってみせる。悪いけど、それまで待ってくれないか？」

リリスを見つめながら伝えると、アメシストの瞳が驚《おどろ》いたように丸くなった。

リリスが頬を桜色に染め、嬉《うれ》しそうに目を細める。

「ええ、いまはそれで十分よ。お腹《なか》いっぱいになってしまったわ」

リリスが俺の頭を抱きよせた。顔中がフワフワな感触《かんしょく》に包まれ、バラに似た香《かお》りが胸の奥《おく》を満たす。

「参ってしまうわね。ジョゼフくんはどこまでわたしを溺《おぼ》れさせるつもり？」

✡　✡　✡

リーヤンとの戦闘から一週間が経《た》っていた。

俺と千夜が勝手に戦ったことを報告すると、学院長は怖《こわ》いくらい満面の笑みを浮かべた。リリスがなだめてくれなかったら、きっと学院長の怒りは爆発していただろう。リリスには感謝してもし足りない。

リリスの仲裁《ちゅうさい》もあって、学院長は渋々《しぶしぶ》俺《おれ》たちの独断行動を許してくれた。

そして、ベリアルの暴走を止める際に負傷した俺に、療養《りょうよう》のための休暇《きゅうか》を与《あた》えてくれたんだ。

着替《きが》えを終えた俺とリリスは、ダイニングで朝食をとっていた。

「千夜ちゃんは帰ってきているのよね？」

シャツとジーパンというカジュアルな格好で、俺は食後のコーヒーを口にしている。そんな俺にリリスが尋《たず》ねてきた。

「ああ。『久しぶりに家族と再会できて嬉しかったです。明日には帰ります』ってメールが届いてたからな」

リーヤンの呪いで病床《びようしよう》に伏《ふ》していた千夜の家族は、全員が回復した。リーヤンが逮捕《たいほ》されて、呪いの正体が判明したからだ。

リーヤンが用いたのは『摂魂《せつこん》』——人の生霊《せいれい》を呼び寄せて閉じ込めてしまう呪術《じゆじゆつ》だった。生霊を奪《うば》うことで対象人物を衰弱《すいじやく》させ、やがては死に至らしめる恐ろしい呪いだ。

だが調査が進み、生霊が閉じ込められていた容器が見つかったことで事態は改善。生霊が解放されたことで千夜の家族は目を覚まし、千夜はその知らせを受けて帰省していたんだ。

ただ、リーヤンの依頼主《らいぬし》と、なぜ物部《もののべ》一家を狙ったのかは謎《なぞ》のままだ。

リーヤンが、勾留中《こうりゆう》に殺害されてしまったから。

リーヤンが勾留されていた留置所は魔術庁《まじゆっちよう》の管轄《かんかつか》下にある。誰《だれ》にも気付かれずにリーヤンを殺害するのは至難を極《きわ》めるだろう。並の魔術師《まじゆつし》には——いや、一流の魔術師にも不可能だ。

もしかしたら、物部一家を狙い、リーヤンを殺したのは、あの男じゃないだろうか？

現代で唯一《ゆいいつ》、ソロモン王が使役《しえき》した、七二柱の魔神《まじん》との契約《けいやく》を成功させた、裏社会トップクラスの違法魔術師。

マグカップを持つ俺の指に力が込められる。

「いまはゆっくりお休みしましょう？」

険しい顔をする俺に、リリスが穏やかな声をかけた。

「あれだけ大変な戦いを終えたのだから、難しいことを考えるのはあとにしましょう？」

「ああ……そうするか」

労《いたわ》るように優《やさ》しい笑みを見て、俺はフ、と肩の力を抜《ぬ》いた。

「腕の調子はどう？」

「まだ違和感《いわかん》はあるけど、十分に動かせる」

俺の両腕《りょううで》はかなりの重傷で、皮膚《ひふ》移植が必要なほどだったらしい。

けど、治療《ちりょう》に白魔術を用いることで大分回復していた。日常生活に支障をきたすことはもうない。護符《ごふ》を縫《ぬ》いつけた包帯も、間もなく取れることだろう。

「結構休ませてもらったから、明日からまた、教壇《きょうだん》に立とうと思ってる」

「ふふっ、すっかり頼《たの》もしくなったわね、ジョゼフくん。ちゃんと先生しているわ？」

リリスが満面の笑みを浮かべ、俺は微笑みで応えた。

玄関《げんかん》のチャイムが鳴ったのはそのときだった。

✡ ✡ ✡

「おはようございます、先生」

訪ねてきたのは千夜だった。彼女は紺色《こんいろ》のブラウスに黒いロングスカートというシックな装いをして、穏やかに微笑んでいる。

久しぶりに顔を見せてくれた恋人を前にして、それでも俺のなかでは喜びよりも驚きが勝った。

「おはようございます！　お荷物どこまでお運びしましょうか？」

千夜の背後に、見るからに業者な格好をした、たくましい男性方がいらっしゃったからだ。

「えっと……千夜？」

「先生、この度《たび》はお招きいただいてありがとうございます。こちら、わたしの地元のおせんべいです」

「ああ、ありがとう……って、そうじゃなくて！」

俺《おれ》は千夜が差し出した紙袋《かみぶくろ》を受け取って、即座《そくざ》にツッコミを入れる。

「お誘いってなんのことだ？　それにこのひとたちは引《ひ》っ越《こ》し業者さんだよな？」

「え？　あ、あの……先生が提案してくれたんじゃないんですか？」

俺の返答が思いも寄らなかったようで、千夜がポカンとした表情を見せる。

おかしい、千夜と話が噛《か》み合わない。

俺と千夜は揃《そろ》って首を傾《かし》げた。

「ご苦労様。二階の部屋までお願いできるかしら？」

引っ越し業者に答えたのは、俺の背後から現れたリリスだった。

「わたしが案内しますから」

「かしこまりました！」

業者が快活な声で応じ、玄関の外へ駆けていく。多分、荷物を取りにいったのだろう。

「おはよう、千夜ちゃん。今日からよろしくね？」

「え？　あ、よろしくお願いして……いいんですよね？」

「いや、俺に訊《き》かれても……どういうことだ、リリス？」

リリスは俺の問いに、「うふふふ」とご満悦《まんえつ》そうに両腕を広げた。

「今日から千夜ちゃんにこの家で暮らしてもらうの」

いきなりの衝撃《しょうげき》発言に、俺はあんぐりと顎《あご》を落とす。

「え？　あの、え？　もしかして、先生はご存じないんですか？」

「あ、ああ。流石《さすが》にそこまで上級者な考えは浮かばなかった」

「ふふふふ。だと思った。わたしと奈緒《なお》ちゃんからのサプライズよ？」

「学院長も一枚噛んでいらしたんですか⁉」

「『恋人になったからには同棲《どうせい》すべきだろう。安心したまえ、規則ぐらいどうとでもしようじゃないか。その代わりハメ撮《ど》り動画を頼めるかい？』らしいわ？」

「らしいわ？　じゃないですよ！　ゲスじゃないですか、学院長‼」

ついに真実を知ってしまった千夜の顔が赤くなったり青くなったりしている。

不憫《ふびん》だけど、慌《あわ》てている千夜も可愛《かわい》い。

「それは粋《いき》な計らいだな」

「せ、先生のエッチ！　なにハレンチなこと考えているんですか⁉」

「ハメ撮りじゃない！　ぶっちゃけ興味津々《きょうみしんしん》だがな！」

「へへへ変態！　ぶっちゃけなくていいですし、わたしは絶対許しませんからね!!」

「だからそこじゃなくて同棲のほうだよ！　俺と千夜は恋人になったんだし、学院長の言うことも一理あるだろ？」

「たしかにそうですけど……」

「実際、千夜は賛成したんだろ？　だからここに来たんだろ？」

尋ねると、千夜はうつむいて体をモジモジと揺らす。

「だ、だって、せっかく恋人になれたんですし、できることなら四六時中一緒《いっしょ》にいたいと思うじゃないですか」

頬を赤らめ、恥《は》ずかしそうに上目遣《うわめづか》いする千夜。

深い、尊みが深い。俺のカノジョがいじらし可愛い。

俺と千夜の様子を微笑ましそうに眺《なが》め、リリスは引っ越し業者に指示を出すために玄関を出ていった。

「せ、先生？　その……お、おはようございます」

入れ替《か》わるように顔をのぞかせたのは、水色のワンピースを着た円香《まどか》だ。

「おはよう、円香」

「あの……お、お怪我《けが》のほう、だ、大丈夫、ですか？」

「大丈夫だ。明日からまた授業に出るからな」

俺の答えを聞いて、円香が明るい顔を見せる。

「円香もお見舞《みま》いに来てくれたのか？」

「そ、それもありますが……その、今日は、千夜さまのお手伝いに……」

説明しながら、円香はチラチラと赤い顔を俺に向けてくる。

なるほど、千夜の手伝いか。

俺はウンウンと頷《うなず》きながら、直後に起きるであろう混乱を予感した。

引っ越しの手伝いをしているってことは、恥ずかしいような気まずいような顔をしているってことは、大方感づいているってことだろうから。

「あのっ！　せ、先生と千夜さまは……そのっ、エ、エエエ、エッチを、されたんですよね⁉」

「みゃうっ⁉」

どストレートな円香の質問に、千夜が仔《こ》ネコみたいに鳴く。

「そ、そういうことですよねっ⁉　だから、お引っ越し、なんですよねっ⁉　同棲、されるんですよねっ⁉　ち、千夜さまは、その、お、お話しして、くれないのですが……」

「えっと……実はそういうわけでして」

「先生、なに正直に答えてるんですか⁉」

「いや、円香も俺が好きって言ってくれてるから、千夜との仲を誤魔化《ごまか》すのは不誠実かと思ってだな」

頬をかきながら苦笑《くしょう》する俺に、千夜は毛を逆立てるネコみたいに肩《かた》を怒《いか》らす。

「へぇ……そうなんだ」

むすっとした恨《うら》みがましい声が聞こえた。

俺たち三人は、いつの間にかドアの外に立っていたレイアの姿に、目を丸くする。彼女は先日と同じく、トレーナーにホットパンツというコーディネートだ。

「レイアさん⁉　い、いつからいたのかしら？」

「円香ちゃんのすぐあとだけど？　あ、先生、これお見舞い」

「あ、ああ、ありがとな」

千夜にジトッとした目を向けつつ、レイアは包装用紙に包まれた箱を俺に渡した。

千夜はダラダラと冷《ひ》や汗《あせ》を流している。そりゃあそうだろうな、円香のすぐあとに来たってことは、当然聞かれてただろうし。

「それで？　どうして千夜ちゃんが先生とセックスしちゃってるの？」

「にゃぁあああああああああああああああああっ⁉」

千夜がネコそのものな悲鳴を上げた。

いつもは天使なレイアは、頬をハムスターみたいに膨らませて千夜を睨んでいる。

「散々反対してたくせに、抜《ぬ》け駆《が》けなんてズルいよ、千夜ちゃんっ！」

「そ、そうですっ！　わ、わた、わたしだって……その、先生と、シ、シたいんです、からっ」

「ううぅぅ〜〜〜〜〜〜っ！　し、仕方ないじゃない！　わたしだって先生が好きなんだからっ！」

ふたりに責められて、ついに千夜が逆ギレした。

そのせいでさらにレイアと円香の攻勢《こうせい》が増し、千夜は涙目でオロオロしている。

困ってる千夜も可愛いなあ、もっと困らせてみたいなあ、なんて考えがよぎった俺は、なかなかのドSなんだろう。

とはいえ、千夜はもうマジ泣き寸前だし、レイアと円香に、千夜との関係を内緒《ないしょ》にしていたのも申し訳ないし、ここは俺が収拾《しゅうしゅう》をつけるべきだろう。

俺は緊張《きんちょう》とともに唾《つば》をのみ、口を開く。

「みんな、聞いてくれ。俺は魔帝になる」

三人が口論をやめ、キョトンとした顔で俺を見た。

「魔帝になるには従者が必要だから、俺はたくさんの女性と関係を持つだろう。だけど、俺は誰ひとりとして蔑ろにしない。こんなロクデナシについてきてくれるんだから、平等に愛し、絶対に幸せにすると誓《ちか》う！」

俺の宣誓《せんせい》を受けて、レイアと円香がパァッと明るい顔をして、千夜が「しょうがないひとですね、まったく」と言いたげに苦笑した。

「「「はい！　幸せにしてください！」」」

三人の声が揃い、俺は安堵《あんど》の息をつく。

こんなにステキな教え子たちに恵《めぐ》まれて、俺は本当に幸せ者だ。

「でも、いいのかしら？　状況《じょうきょう》はもう、『周りに交際を認めてもらえるかどうか』よりも深刻になっているわよ？」

玄関に戻ってきたリリスが、妖《あや》しげな笑みを浮かべながら三人を見渡《みわた》す。

「リーヤンを倒したジョゼフくんは、裏社会の住人に目をつけられたことでしょう。ジョゼフくんの側にいると、あなたたちも命の危機にさらされるかもしれないわよ？　覚悟《かくご》はできているかしら？」

挑発《ちょうはつ》するようなリリスの問いに、千夜もレイアも円香も目をそらさず、神妙《しんみょう》な顔付きで首肯《しゅこう》した。

リリスが「野暮《やぼ》だったみたいね」と破顔する。

「これからあなたたちには、より愛し合うことが求められるわ。千夜ちゃんは魔王《まおう》に選ばれたけど、まだまだその力を使いこなせていない。リーヤンとの戦闘で暴走しかけたのがその証拠《しょうこ》よ」

「どうすればもっと使いこなせるようになるんですか？」

「言ったじゃない、《愛》よ。ジョゼフくんといっぱいセックスして、魔王との繋がりを深めるの」

「ふゃ？」

キリッとした表情を崩《くず》し、千夜が俺と目を合わせた。

ボヒュッ！　と瞬間湯沸《しゅんかんゆわ》かし器《き》みたいな勢いで、千夜の顔が朱《しゅ》に染まる。

「ジョゼフくんの《素質》も従者を得ることで磨《みが》かれていくわ。従者が増えて、魔帝に近づけば近づくほど、ジョゼフくんは悪魔を統べる力を付けていく。だから、レイアちゃんと円香ちゃんも、ジョゼフくんとセックスしてあげてね？」

「「ひゃ、ひゃいっ！」」

レイアと円香が嬉しいんだか恥ずかしいんだかわからない表情で、背筋をピンと伸ばす。

かくいう俺も相当赤い顔をしていることだろう。

まあとにかく、俺が『やるべきこと』と『やりたいこと』は変わらない。

俺は、千夜もレイアも円香も愛しているのだから。

だから俺は、いまだにモジモジソワソワしている教え子たちに声をかけた。

「千夜、レイア、円香！　みんなで愛し合って強くなるぞ！」

「「「はいっ！」」」

三人からはにかみ笑顔が返ってきて、俺も顔をほころばせた。

レイアと円香が嬉しそうにハイタッチを交《か》わす。

そんなふたりに気付かれないよう、千夜がそっと俺に顔を近づけてきた。

「でも、忘れないでくださいね？」

艶《あで》やかな笑みに、俺の胸が高鳴る。

「先生のはじめては、わたしなんですからね？」


〈了《りょう》〉

あとがき

はじめまして、虹元喜多朗と申します。

この度は、『魔帝教師と従属少女の背徳契約』（以下『魔帝教師』）を手に取っていただき、ありがとうございます。

この作品は、「魔術女学院の教師になった主人公：ジョゼフが、生徒たちとエッチなことをしながら魔帝を目指す」内容となっています。

いまでこそジョゼフは『熱血・肉食系』となっていますが、受賞時の原稿では『草食系』でした。

正直、インパクトに欠けていたかと思います（汗）。

ジョゼフを肉食系に変更したのは、担当編集者のT氏のアドバイスによるものです。おかげで、受賞時より格段に面白くなったと自負しております。

改稿の際もT氏のお世話になり、「僕ひとりの力は微々たるものなんだなあ」「助言してくれるひとがいてありがたいなあ」「ひとりではできないことも、誰かの助けがあったらできるんだなあ」と痛感しました。

コロナ禍ですので、僕は授賞式に行っていないですし、T氏の顔すら知りません。

ですが、出版までの作業を通じて、僕は確かな繋がりを感じていました。

「コロナ禍で人と人との繋がりが希薄になった」と聞きますが、「会えなくとも感じることはできる」と僕は思っております。

……少し真面目に語りすぎましたね（苦笑）。

とにもかくにも、『大切な繋がり』から生まれた魔帝教師を、最後の最後まで書き切りたいと思っております。

この巻では千夜がメインでしたが、次巻ではレイアをメインにした話にしようと考えています。

ジョゼフとヒロインたちの関係がどう進展していくか、見守っていただけたら幸いです。


謝辞に移らせていただきます。

担当編集者のTさま。魔帝教師は、あなたがいなければありませんでした。ご恩を返せるよう努力して参りますので、これからもよろしくお願いいたします。

イラストレーターのヨシモトさま。あなたのイラストが、ジョゼフたちに命を吹き込んでくれました。これからも、作品作りを一緒に楽しんでいけたらと思っております。

数々のアドバイスをいただいた、鷹山誠一先生をはじめとした鷹山道場の皆さま。あなた方との出会いが、僕の人生のターニングポイントになったと言っても過言ではありません。これからも精進して参りますので、ご指導ご鞭撻のほどお願いいたします。

ご協力いただいた関係者の皆さま。この一冊が皆さまの力添えでできていると思うと、とても感慨深いです。本当にありがとうございます。


宣伝になりますが、ガガガ文庫さまより『転生で得たスキルがFランクだったが、前世で助けた動物たちが神獣になって恩返しにきてくれた～もふもふハーレムで成り上がり～』という作品を発刊させていただいております。

魔帝教師と同じくハーレムファンタジーものです。

主人公とヒロインたちがキャッキャウフフしておりますので、魔帝教師がお気に召しましたら、そちらも楽しめるかと思います。

よろしければ、そちらもどうぞ。


最後に、このあとがきを読んでくださっているあなたに、心からの感謝を。

魔帝教師を手に取っていただけただけで、僕はとても嬉しいです。
あなたに届けたくて書きました。
数ある本のなかから見つけていただき、本当に本当にありがとうございます。
それでは、次の巻でお会いできることを祈りながら。

二〇二一年四月　虹元喜多朗

HJ文庫 http://www.hobbyjapan.co.jp/hjbunko/
940

魔帝教師と従属少女の背徳契約 1

2021年6月1日　初版発行

著者——虹元喜多朗

発行者—松下大介
発行所—株式会社ホビージャパン

〒151-0053
東京都渋谷区代々木2-15-8
電話　03(5304)7604（編集）
　　　03(5304)9112（営業）

印刷所——大日本印刷株式会社

装丁——木村デザイン・ラボ／株式会社エストール

ISBN978-4-7986-2492-1　C0193

君が望んでいた冒険がここにある――。

<Infinite Dendrogram> -インフィニット・デンドログラム-

著者／海道左近　イラスト／タイキ

一大ムーブメントとなって世界を席巻した新作 VRMMO <Infinite Dendrogram>。その発売から一年半後。大学受験を終えて東京で一人暮らしを始めた青年「椋鳥玲二」は、長い受験勉強の終了を記念して、兄に誘われていた<Infinite Dendrogram>を始めるのだった。小説家になろうVR ゲーム部門年間一位の超人気作ついに登場！

シリーズ既刊好評発売中

<Infinite Dendrogram>-インフィニット・デンドログラム-1～15

最新巻 <Infinite Dendrogram>-インフィニット・デンドログラム-16.黄泉返る可能性

HJ 文庫毎月 1 日発売　発行：株式会社ホビージャパン

HJ文庫

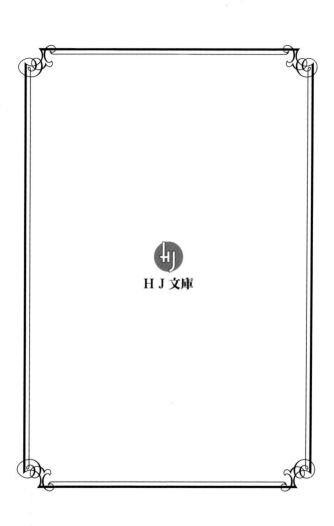